TAKE
SHOBO

俺様御曹司に愛されすぎ

干物なリケジョが潤って!?

鳴海 澪

ILLUSTRATION
SHABON

蜜夢
MITSU
YUME

$H_2 \rightarrow 4NH_3$
$N_2 +$
$\frac{3}{2} H_2 \rightarrow$

俺様御曹司に愛されすぎ干物なリケジョが潤って⁉

CONTENTS

MITSU YUME

イラスト／SHABON

俺様御曹司に愛されすぎ

干物なリケジョが潤って!?

1 恋のボウフラ（♀）

『株式会社ギンリンは常に社会に、どれだけ貢献できるかということを、まず念頭に置いています。弊社が殺虫剤のシェアの半数以上を占めるほどお客さまに支持されているのは、そのコンプライアンスがご理解いただけた結果だと、ありがたく思っています。ですがそれに甘んじることなくたゆまぬ研鑽《けんさん》を積み、もっといいものをお客さまに提供し続けることが我が社の務めだと心しております。その一つの結果として、

この度、新しい虫除けスプレー〈蚊ノンベール・スーパーファイン〉を発売します——。

株式会社ギンリンの専務、銀林《ぎんばやし》虎之進《とらのしん》さんは真摯な口調で熱く語った』

「あっそ」

医薬品業界雑誌『ＩＮＳＥＣＴＩＣＩＤＥ　ＪＡＰＡＮ』を斜め読みした梨々子《りりこ》は、ぽんと机の上に放り出す。

高そうなスーツ姿の銀林虎之進の写真が梨々子を笑うように揺れた。

銀林景虎《かげとら》を創業者とする株式会社ギンリンは大手日用品メーカーで日本屈指の薬品部門を有し、虫ケア用品のシェアは60％を超えて断トツのトップだ。ＴＡＫＡＴＯ株式会社の

ライバル会社であり、梨々子の当面の目標はギンリンを抜く蚊対策の薬品を作ることだ。

「おのれー、ギンリンめぇ……また新商品を出すのか。何が蚊ノンベール・スーパーファインだよ。ファインはすでにスーパーってことじゃないの？　第一、ギンリンの専務のくせに殺虫剤なんて言うな！　今は、使用する人を虫から保護するっていうニュアンスで、『虫ケア用品』って言うのが業界全体の流れなのに！」

いつも一歩先を行かれ、梨々子は文字通りぎりぎりと歯ぎしりをして、商品名に難癖をつける。

爽やかな笑みを浮かべているギンリン専務の虎之進の無駄なイケメン振りにもむかむかする。

「しかも自社の大切な商品をそんな流し目で語るなんてうそくさいヤツ。どうせ写真に修整かけてるに決まってるって。ギンリンならそれぐらいやりかねない」

銀林虎之進がなかなかの二枚目であることも、目力があることも、彼のせいではないのはわかっている。

これは完全に八つ当たりだ。

「駄目、駄目、冷静になれ、梨々子」

ライバル会社の新商品の立ち上げに波立つ胸を静めつつ、梨々子は飼育中の蚊を眺めた。

「今日も元気だねえ。君たち」

網籠の中で、砂糖水で作った蜜をひたすら吸ったり、飛び回ったりする蚊の活発さに笑みを浮かべた。

蚊は古代から存在し、その最古の化石はジュラ紀のものだと言われているが、こんな小さなものが時を旅し続ける不思議さに梨々子は魅入られる。

「古代から連綿と受け継がれた命って、何度見てもロマンティックだよね……」

空調の音しかしない研究棟で梨々子は、水の中をふわふわと漂うボウフラに深い尊敬の念を抱く。

「ああ、この仕事に就けて良かったと心から思うわ。正々堂々と恵まれた環境で蚊を飼えるなんて、ほんとに幸せ」

独りごちながら梨々子は白衣の胸に止めた『TAKATO株式会社　第三研究部スタッフ　反根《そりね》梨々子』と書かれたネームプレートを指先で撫でた。

TAKATOは、高藤肇《たかとうはじめ》という商人が明治初期に小さな商店を立ち上げたのがその始まりだ。日本を壊滅状態に追い込んだ戦争を乗り越えて再建し、今や日本で指折りの化学メーカーとなった。

大学の農学部でおもに昆虫を研究した梨々子は、虫から離れなくても済む仕事先を片っ端から就活した結果、無事TAKATOに入社した。

新人研修を終えたあと、蚊の駆除剤やケア用品を作る第三研究部に配属されて、すでに五年が経っていた。

梨々子としては非常に満足のいく職場なのだが、母は年頃の娘が男性よりも蚊に夢中なことが心配らしい。

ときどき思い出したように、愚痴と一緒に役に立たない意見を言い始める。

「梨々子、虫ケア用品じゃなくて、化粧品とか、洗剤とか、そういう部署に異動できないの？　そのほうが将来役に立つんじゃないかしらねえ。ほら、あなたの先輩の宝井《たからい》さん、あの方は洗剤部門でしょう？　引っ張ってもらえないの？　ああいう方を、梨々子もいろいろ見習ったほうがいいと思うのよ。梨々子が言いにくければ、おかあさんからお願いしてもいいかもしれないわね……」

六歳年上の宝井は梨々子の出身大学のＯＧで、ゼミの教授が一緒だった縁で知り合った。一足先にＴＡＫＡＴＯに入社していた彼女には、就職のときにとても世話になった。教授が推薦状を書いてくれたのは、教授の信頼が厚い彼女のお陰と言ってもいいぐらいだ。

何度か家に来たこともあって母も見知っている。

梨々子とは違って身なりも口調も女性らしい品があり、結婚しているのも母には羨ましいらしい。

「宝井先輩は今、お腹に赤ちゃんがいるからね。他人のことで煩《わずら》わせるわけにいかないよ」

「まあ……そうなの……やっぱり蚊に夢中になっている梨々子とは全然違うのね」

頬に手を当てて母はため息をついた。

母は悪い人でないが、梨々子とは考え方がまるで違う。今更母に理解を求めるつもりもなく、梨々子は明るい声で言う。

「でもね、蚊のケア用品だって家庭の必需品なんだよ、おかあさん。洗濯物の汚れよりも蚊が媒介する病原体のほうが怖いんだから」

真顔で答える梨々子に母は呆れた顔で首を横に振った。

新聞を読む父は何も言わないが、横顔の頬が笑いを堪えるように引きつっていた。

きっと父も母も幼い頃の梨々子のことを思い出しているのだろう。

小さい頃から梨々子は他の多くの女の子とは違っていた。漫画より図鑑が好きで、人形よりも虫が好きだった。

あれはまだ小学校二年か、三年の頃だったと思う。

虫取りの男の子たちにくっついていき、カエルの卵をバケツいっぱいに持って帰った梨々子を見て、母親が卒倒しかけた。

（カエルの卵って、ゼラチンっていうか寒天っていうか、とにかくつるつるで手触りがいいんだよ……気持ちいいと思うんだけど、苦手な人が多いのはあの有名な妖怪オヤジめいた形状のせいかな。触ってみるといい感じがわかるのに、おかあさんったらあのときは、駄目の一点張りだったっけ）

そのときのことを思い出すと、梨々子は今でも虫に対する世間一般の無理解な視線を感じて、自然と不機嫌な顔になってしまう。

『命を粗末にしちゃ駄目じゃないのっ！』

『粗末になんかしてないよ。これは食べる卵じゃなくて、飼うんだよ』

一瞬吐きそうな顔をした母は、梨々子の説明にいっそう声を張りあげた。

『これが全部カエルになったらどうするのよ。梨々子は育てられるの！　イトミミズとかハエとか、毎日採ってこられるのっ！』

軽く百個はありそうなカエルの卵を前にした母の叱責《しっせき》は悲鳴に近かった。いつもは優しい母の顔が、漫画の鬼のように真っ赤になっている。

『大丈夫だよ。大人になったら、カエルはぴょんぴょん自分で自由に外にいけるもん』

卵の入ったバケツを抱えて、真面目な顔でそう言った梨々子に、母はきーっと目を吊り上げた。

『家をカエルの大群が出入りしたらご近所迷惑でしょ！　爬《は》虫類《ちゅうるい》が好きな人なんて、変態しかいないわよ！』

『へんたい……？』

呟いた梨々子に母は一瞬「しまった」という顔を見せたが、自分の言い過ぎを謝ることをせずに、梨々子の困惑に強い口調で言葉を被せてきた。

『カエルとかトカゲとか、蛇とかそういう爬虫類を好きな人は、ものすごく趣味が悪いってことよ！』

それはとんでもない偏見だし、差別だと子ども心に思ったが、母の顔があまりに怖くて声が出なかった。

顔を真っ赤にして立ちすくむ梨々子の手からバケツをひったくろうとする母を押しとどめたのは父だった。

『トカゲと蛇は爬虫類だが、カエルは爬虫類じゃなくて、両生類だ。子どもに間違ったことを言ってはいけないね。少し落ち着きなさい、早苗《さなえ》』

『似たようなものでしょ！　どっちも気持ちが悪いことに変わりはないわっ』

今度は父に八つ当たりする。

『気持ちが悪いっていうのは、酷《ひど》い言いぐさだ、早苗。君の自慢のバッグはワニ革じゃないか。ワニは典型的な爬虫類だろう。矛盾しているね』

ぐっと喉の奥で呻《うめ》いて母は父を睨んだ。

『……革は革は……生きてないから――』

『生きている動物だから、綺麗な革になったんだぞ』

笑顔で母の暴言にトドメを刺した父は、梨々子の手からカエルの卵が入ったバケツを受け取った。

『昔はおとうさんもオタマジャクシを採ったもんだよ。なつかしいね……これを採った場所をおとうさんに教えてくれるかな？　梨々子』

目線を合わせてくれた父の優しい笑顔にほっとした梨々子は素直に答える。

『あのね、まっすぐ行って坂があるでしょ？　あれを登って下りると、その近くにちっちゃな田んぼがあるんだよ。そこにたくさんいるってクラスの男の子が教えてくれたから、みんなで行ってみたの』

『梨々子！　隣の学区にひとりで行っちゃ駄目って言ったでしょ！』

『ひとりじゃないよ。みんな一緒だもん。それにそんなに遠くないんだよ、おかあさん』

割り込んで、怒りを再燃させた母に首をすくめて言い訳する。

『屁理屈《へりくつ》を言うんじゃありません！　あなたは女の子なんだから、知らない場所をうろうろしてちゃ駄目なのよ！　何かあったらどうするの！』

金切り声をあげた母を父が抑えた。

『残念ながら、世の中には梨々子の知らない危険がいっぱいあるんだ。おかあさんの心配はもっともだけれど、今はとりあえずこのカエルの子どもたちをなんとかしよう。カエルの子どもがいるから車で行ったほうがいいね』

父と一緒に梨々子は、カエルの卵を採った畦《あぜ》に向かった。

カエルの卵を見つけたときの興奮と、ぞくぞくする気持ち。自分で育てたらきっと楽しいに違いないと思ったことを、父に一所懸命に訴えた。

『梨々子はどうやったらカエルの卵がちゃんとオタマジャクシになって、大人のカエルになるのか、知っているのかい？』

『ご飯をたくさん食べるんだよ』

『ご飯はなんだ？』

そう聞かれて、梨々子はふと考え込む。

パンでもないし米でもないだろう。

『……水のあるところにいたから……魚かな？』

自信のないままあやふやに答えると、父が前を向いたまま微笑んだ。

『なんだろうって思うんだったら、まだ飼っては駄目だよ。梨々子』

父が梨々子に視線を注ぐ。

『どうしてカエルがこんなにたくさん卵を産むのか。卵をどういう状態にしておくと、オタマジャクシになるのか。オタマジャクシは何を食べてカエルになるのか――そういうことをちゃんと調べてからじゃないと飼うことはできないよ』

『でも、試してみなくちゃ何もわからないよ』

『そうだね。でも試すというのは、行き当たりばったりにやるという意味じゃない。知識があって、それが本当かどうかを確かめることを、試す、って言うんだよ。特に生きものを飼うときに、やってしまえばなんとかなるだろうっていうのは、絶対にいけないことなんだ』

嚙んで含めるような父の口調は梨々子の頭にじんわりとしみていく。子ども相手だからと頭ごなしにものを言うことがない父の言葉は、梨々子に反発心を起こさせなかった。

『梨々子だっていきなり引っ越しをさせられて、食べられないものを出されたら困るだろう？　生きものを飼うにはちゃんとした下調べがいるんだよ。梨々子が一生懸命調べて、それからカエルを飼いたいって言うなら、おとうさんがおかあさんに話してあげよう』

子どもとはいえ、言いくるめようとしない父の真剣な説明と提案は梨々子の心に届いて、しっかりと刻まれた。

結局あの卵は、父親と一緒に元の場所に戻したけれど、梨々子はそれからカエルの生態について猛烈に調べ、翌年の夏にカエルを卵から飼うことができた。

ごっそりと卵を持ち帰ったときには、わけのわからない理論を振り回した母も、父の説得と梨々子の真面目な態度に、カエルの飼育を許可してくれた。

もっとも無事に大人になったカエルが風呂場に入り込んだときには「茹でるわよ！」と絶叫していたけれど。

紆余曲折《うよきょくせつ》はあれど、梨々子の興味を正しく導いてくれる両親のお陰で、生物全般への興味をそがれることがなく梨々子は健やかに育ち、今はそれを仕事とすることに成功している。

(成功っておかあさんは思ってないよね。なんたって虫が大嫌いだからねえ。もっともそういう人がいっぱいいるから虫除けとか虫ケア用品が売れるんだけど)

ふうと息を吐いて、肩をぐるぐる回した梨々子は時計を見て慌てて立ち上がった。

「やばいよ！　急がないと梛々美《ななみ》との約束に間に合わないじゃないのっ。もうほんとに、私って研究室にいると時間を忘れちゃうんだよね」

ひとりでまくし立てた梨々子はずり落ちてくる眼鏡を片手で直しながら、汚れた白衣を脱いだ。

待ち合わせのカフェに行くと、椰々美はもうすでにいて、窓際の席で優雅に紅茶のカップを傾けていた。

息せき切って近づいた梨々子に、にっこりと華やかな笑顔を見せる。

「残念。五分、遅刻よ、梨々子。このダージリンは奢《おご》りね」

「わかってる、ほんとごめん！　蚊を見てたら時間が思ったより経っていたんだよ」

カップを掲げる椰々美に両手を合わせて謝りながら、梨々子は彼女の前に腰を下ろした。

「いい男を見て時間を忘れるって言うのはわかるけど、蚊を見ていて我を忘れるっていうのは、全然わからないわ」

クスクスと笑った椰々美は相変わらず頭のてっぺんから脚の先まで手入れが行き届いている。

肩口でふんわりとカールした髪はピンキッシュブラウンに染められて、光が当たるとキラッと輝く。

透明感のある肌に優しいピンク系のメイクだが、きっちりと描かれた眉で甘くなり過ぎず、インテリジェンスを感じさせる。形良く整えられた眉の下の少し茶色がかった大きな瞳は濃淡をつけたアイシャドー、そしてアイラインとつけまつげでいっそうくっきりと見えた。

かなり手をかけたアイメイクだが、少し眦《まなじり》が下がっているせいできつくならずに、親しみやすい愛敬が滲んだ。

(ほんとに、あたしと梛々美が双子の姉と妹って何かの間違いじゃないの？ 赤ん坊のときにあたしだけ取り替えられちゃったとかないよね？)

梨々子は一卵性双生児の妹の顔をまじまじと見ながら、素直な気持ちを口にした。

「梛々美っていっつも、ほんとに綺麗にしているね。感心する」

梨々子はオールシーズン、デニムと長袖シャツで、寒ければセーターを着て、暑ければ適当に袖を捲《まく》る。仕事場の研究室は空調完備だから季節にあった服装をしなくて済む。まして白衣で隠れるから、おしゃれの必要がまったくなかった。

拘《こだわ》っていることと言えば、シャツはアイロンの要らないタイプという一点だけだ。しかも黒縁の大きな眼鏡をいいことに、申し訳程度の肌色つき下地クリームとリップグロスだけのほぼすっぴんでどこへでも行く梨々子にとって、いつも身なりに気をつけている梛々美の努力には素直に頭が下がる。

「だって、私はこれが仕事だもの。この仕事はいつどこで誰が見ているかわからないのよ。だらしのない格好でいたら、絶対に軽く見られるわ。今はどんな小さなチャンスでも逃したくないの」

柔らかい雰囲気には似合わない強い口調で梛々美は言った。

「さすが、大学のときからモデルをやってるだけあるなあ。心がけが私とは全然違うんだね」

彼女が着ているシフォンのワンピースは、浅い春を先取りしたような、目に優しい若草色で、周囲の客の好意的な視線を誘う。

椰々美は大学のときにスカウトされて、ファッション雑誌の読者モデル「吉川美波《よしかわみなみ》」としてデビューした。卒業後は今の事務所とプロのモデルとして正式に契約して、その仕事を続けている。ここ二、三年はドラマの端役や、バラエティのアシスタントとしてテレビにも出演するようになった。

日がな一日研究室で、人を見るより蚊を見ている時間のほうが長い梨々子には椰々美の仕事ぶりが眩《まぶ》しいが、彼女は全然満足していないらしい。

確かにこうしていても、椰々美をタレントの吉川美波だと気づく人はいない。人に注目されたくない梨々子にすれば楽だが、椰々美としてはそれでは先行きに希望が持てないのはわかる。

「梨々子だって、蚊の飼育のためなら徹夜だっていとわない。仕事が違うだけで、考え方ややっていることは私と同じよ。おかあさんは、あなたたちは似ていない双子だって言うけれど、私はそうは思っていない。一つのことに夢中になったら突き進む性格だって、顔だってそっくりだもの」

ふふっと笑う椰々美の垢抜けた仕草に周囲の男性がちらちらと視線を投げてくるのを見

ながら、梨々子は、そっくりは絶対ない、と思った。

確かに、一六八㎝の身長とBMI17という細身のスタイルはほぼ同じだ。振り返ってみれば、中学生ぐらいまでは顔も似ていたような気がする、だが、別々の高校、大学で過ごすうちに今や雲泥の差ができてしまった。

おそらくここにいる人間で、ふたりを双子と思う人はいないだろう。似た体型や醸し出す気の置けない雰囲気から、地味な姉と可愛い妹の組み合わせだろうとせいぜい考えるのが関の山だ。

(十年、自分に手をかけなかった女と、きちんと自分をプロデュースしてきた人間との違いだね。生きものは環境に順応する性質があるんだから、十年も経てば生まれたときの資質なんて、変わって当然ってことよ)

筋道だった理由でひとり勝手に満足した梨々子はそれ以上の議論は避ける。

梛々美とは気が合うし、一緒にいて楽しい相手だ。

ただ小さい頃から愛敬に溢れ、人を引きつけてきた梛々美に対してはやはりコンプレックスがあり、なんとなく遠慮がちになってしまう。

今でこそもう梛々美といてもどうということはないが、十代の頃はそうではなかった。どんどん綺麗になっていく梛々美に引け目を感じて、高校生くらいのときは一緒に歩くのを避けていた。

――まあ……梛々美ちゃん、綺麗になってびっくりしたわ。

――本当に、いい娘さんになったわね。

――あ、梨々子ちゃんも大きくなって……。

偶然出会う知り合いに梛々美ばかりが持てはやされ、自分に対してはお座なりに語尾の濁った言葉しかかけられない。さすがに、年頃の娘として傷つかずにはいられなかった。

もちろん梛々美はそれを鼻にかけることはなく、「梨々子は勉強ができて羨ましい。双子でも頭の中身は似ないんだね」、と言ってくれる優しさがあった。

だから姉妹の仲はこじれることがなかったが、一定の距離感はある。

いつしか反根家の中で、梛々美は『美力』で、梨々子は『知力』担当ということになり、未だにそのバランスは変わらない。美力担当の梛々美を見つめながら、梨々子は今朝の出来事を思い出していた。


仕事に没頭している梨々子も、タレントとしてそれほど稼ぎのない梛々美も、未だに実家暮らしだから、毎日顔を合わせる。

朝からきちんと化粧をして身繕いが完璧な梛々美と、眼鏡をズリ下げて髪をゴムで括《くく》りながら食卓につく梨々子のあまりの違いに、母はいつも顔をしかめておきまりの台詞を言う。

「もう少し格好に気を遣いなさい、梨々子。その格好を見ると朝からどんよりした気分になるわ」

それに対し「明日、やれたらやるよ」という、こちらもお決まりの一言で受け流す。

「もう……ほんとに、口調まで男の子みたい」

ぶつぶつと母は零《こぼ》す。見てくれと一緒で梨々子の言葉遣いが少々粗っぽいのも母の悩みの種らしいが、もうどうしようもない。

(だいたい、あたしが丁寧語で喋ったらそれはそれで気味が悪い)

梨々子は内心でちょっと反発する。

父と梛々美は、母と梨々子の決まり切ったやりとりに口を挟まないのが、反根家の朝の風景だ。

(だって、三十間近になってから洋服やら言葉遣いやらどうこうしたって、梛々美みたいに成果が出るわけじゃないし、そんな時間があるなら蚊に使ってあげたいよ)

口には出さないが梨々子はそう思っている。

だが身なりにかまわず、休日はごろごろと家でクロスワードパズルをするのが唯一の息抜きという梨々子にも否応なく世間の付き合いが訪れる。

次の休日は、結婚する同僚の二次会にいかなければならない。

残業が多く、時間が不規則な仕事に夢中になっている男性と結婚しようというけなげな新婦を見てみたい気はする。でも今度の日曜日は新しいクロスワードの本を制覇しようと思っていたのに、ちょっと面倒くさい——とそこまで思ってから梨々子は、はたと気がついた。

二次会は梨々子でさえ知っている一流ホテルで行われる。

（どう考えても先輩のチョイスじゃなくて、新婦さんの希望だよね）

蚊の吸血を調べるために、パンツ一枚の格好のまま研究室で蚊と伴に一夜を過ごした新郎の趣味とは考えられない。

（ホテルの二次会だと、いつものデニムとシャツでは駄目だよね。いや、でも三時なんていうお茶会みたいな開始時間だからいいのかな？）

高校のときはたったひとりしかいない昆虫同好会を名乗り、生物の教師とダンゴムシやボウフラを集め、大学も農学部の生物学科で、やはり虫塗《まみ》れだった梨々子は普通の女性らしいおしゃれ着を持っていない。

花の盛りであってもムカデやらナメクジを集めている女子に声をかける強者《つわもの》男子など存在せず、話題といえば虫という梨々子は、女と生まれてこの方、彼氏もいなければデートすらしたことがないので、スカートさえ必要がないままこの年になった。

それでも法事などの堅苦しそうな場所には高校までは制服で充分だったし、大学のときは入学式に着た黒のパンツスーツでことたりたから、特別に困った記憶もない。

だが二十七歳の女が、シャツとデニムで祝いの席に行くのはまずいだろうという程度の常識はあった。

『結婚式の二次会って何を着ていけばいいの？』

朝食の席で、こういうことにはとても詳しい梛々美に尋ねた。

『場所にもよるけど、きれいめのワンピースぐらいがいいんじゃないの。花嫁さんより目立たないけど、お祝いのおしゃれをしているっていう雰囲気があるのがグッド』

(きれいめのワンピースってどんなの？　日本語としてどうなのさ？)

きれいじゃないワンピースがあるんだろうか？

もしかしたらクリーニングをしていないってことか？

あやふやな顔で首を傾げる梨々子に、椰々美が顔をしかめる。

『梨々子って結婚式とか二次会とかに行ったことがなかったの……？』

『二次会っていうか、大学の先輩が結婚したときに、お祝いの会に呼ばれた』

宝井が結婚したときのことを思い出しながら言う。

新郎の地元で、親族だけの小さな式を挙げた宝井のために有志が開催した会だったが、あれも一応二次会ということになるかもしれない。

その答えに椰々美はほっとした顔をする。

『じゃあ、そのときと同じ雰囲気でいいんじゃないの。同僚の二次会なんだしあまり堅苦しくない感じのほうがいいと思うわ』

『そうなんだ。良かった』

あのときはいつものデニムに、新しく買ったプレスの効いたシャツだった。

一度着たきりのシャツの行方を上目遣いで考えていると、母が割って入った。

『梨々子……あなた、そのとき何を着ていったの？　あなたが二次会に行くような格好をして出かけた記憶がおかあさんにはないけど……』

疑わしい目でこちらを見る母に梨々子は答えに詰まる。

『何って……シャツとデニムだよ』

母の目が吊り上がり、梛々美までぎょっとした顔になるのを見て、さすがの梨々子も自分が問題発言をしたらしいことに気づき弁解に走った。

『シャツは新しく買ったヤツだったよ。ちゃんとアイロンが必要なタイプ』

どんどん嶮《けわ》しい顔つきになる母と梛々美に、梨々子は更に説明する。

『お祝いって言っても、チエーンの居酒屋で気張った感じじゃなくて、みんなデニムとかチノパンとかだったよ。そうそう、研究中で白衣のまま駆けつけてきた人もいたぐらいだったから。着るものより祝いの気持ちが大事なんだよ……ね？』

母の顔が怖くて、梨々子は少し語尾を濁した。

『本当にもう、梨々子ってば、常識がないんだから！　虫じゃあるまいし、人は祝いの気持ちを装いで表すものなのよ！』

怒りで声を震わせる母に『居酒屋ならそういうのもありなのよ、おかあさん』と梛々美が取りなす。

『で、今度も居酒屋なの？』

間に入ってくれた梛々美に感謝しながら、梨々子はおとなしく都心にあるホテルの名前を告げた。

『じゃあ、やっぱりちゃんとして行ったほうがいいわ。いつもの格好だと同僚にも恥をかかせちゃうわよ』

柔らかい口調で言った梛々美に、梨々子はほっとしついでに頼み事をする。

『悪いけど、梛々美のワンピースを貸してくれない？　きれいめ……とかいうのを見繕ってもらえると助かるんだけど……』

『……サイズは同じだから別に貸すのはいいけど……』

まっすぐな髪を馬の尻尾のように後頭部で一本に黒ゴムで括り、黒縁のメガをかけた梨々子をじっと見つめて、梛々美は苦笑した。

『髪の色も形も違うし、私の服は梨々子には似合わないと思う。借り着みたいになってみっともないから、一着買ったほうがいいと思うわ。これから着る機会もあるんじゃない？　今日一緒に見繕ってあげる』

現役モデルの梛々美の今朝の申し出をありがたく受けて、これから一緒に洋服を買いに行くことになっていた。

「結婚式の二次会ってなんだか面倒だね……呼ばれたほうもおしゃれしなくちゃならないんだ」

コーヒーを飲みながら梨々子は正直な気持ちを口にした。

「人は虫じゃないから、お祝いの気持ちを身なりで示すっておかあさんが言ってたじゃない？　あれって本当だと思うのよ。そういうのが、人には文化があるってことじゃないの？」

「それは人間の傲慢。虫にだって文化はあるんだよ。たとえば蚊柱っていうのは蚊の合コンみたいなもので……」

勢い込んだ梨々子を椰々美は笑顔で遮る。

「二次会だって、一種の合コンなのよ。そこで素敵な人と知り合うってこともあるかもしれない。セレブな叔父様や小母様たちに、是非我が子を紹介したいって言われるかもしれないでしょう。手を抜いちゃ駄目なのよ」

「あたしはそんなこと全然期待してないけど。むしろ面倒。そんな時間があったら蚊の世話をしたいし」

生まれてこの方、昆虫採集の友人はいても、ボーイフレンドはおろか恋人と呼べる相手もいないが、それが寂しいと思ったことはない。

例外はあれど、行動原理がはっきりしている昆虫界に比べて、人の行動規範は一律ではなく複雑過ぎる。そんな梨々子にとって恋愛は、一番興味のない話題だ。

「いつもまでもそんなふうだと、おかあさんが心配するわよ」

「そう？　おとうさんは何も言わないよ」

「おとうさんは梨々子に甘いから。私には早く嫁に行けっていうのに、梨々子のことは放任しているのよね」

椰々美が大人っぽい顔で苦笑する。

「放任といえば聞こえはいいけど、見放してるんだよ。人間の男性より虫が好きなんだから、もう仕方がないってね」

梨々子はおどけて肩をすくめてみせる。

「おかあさんだって私が全然もてないことより、虫を扱っている仕事をしていることが憂鬱なんだと思うよ。娘がボウフラに夢中になっているなんて、ご近所にも言いづらいのかも。昔っからおかあさんは、虫が全然駄目なんだよね」

「私もそうだけど、おかあさんだって梨々子の仕事は立派だって思ってるのよ。ただやっぱり、私も虫は苦手」

椰々美はちょっと申し訳なさそうに言った。

「子どもの頃、梨々子がカエルを飼ったじゃない。あれがぴょんぴょん部屋の中を跳ね回ったときは卒倒しそうになったもの」

「ああ……あれね。おかあさんどころかさすがにおとうさんにも怒られたっけ」

今でこそそれぞれ別の自室があるが、当時は一緒の部屋だった。

虫かごや水槽の置き場所は二段ベッドの下で、椰々美が毎夜、こわごわ上の段に上っていった記憶がある。

あれはふたりが小学校高学年の頃だったと思う。梨々子がオタマジャクシから孵化《ふか》したアマガエルが水槽から逃げ出して、一騒ぎが起きた。

梨々子にすれば小さなアマガエルはとても可愛らしい生きものだったが、椰々美には恐怖と嫌悪の対象でしかなかったようだ。

逃げ出したアマガエルが梨々子に追われて飛び上がった拍子に、椰々美のスカートの中に入り込んだ。

あのとき叫んだのは椰々美ではなく母親のほうだった。当の椰々美は言葉も出せずに、真っ白な顔でへたり込んで泣き出した。

梨々子はアマガエルが潰されたのではないかと慌て、「座っちゃ駄目！　椰々ちゃん」と駆け寄ろうとした襟首を父に摑まれた。見あげた父の顔はとてもいかめしく梨々子は本気で怖くなった。

父が梨々子にあれほど厳しい顔を見せたのはその時が最初で最後だった。

表情と同じく、聞いたこともない厳しい声で、「カエルをちゃんと水槽の中で世話ができないなら、今すぐ捨ててきなさい。ここは梨々子だけの家じゃない」と父が命令した。

「……は、はい」

嫌だったけれど、ずっと梨々子の味方だった父の命令にはとても逆らえなかった。

しょんぼりした梨々子に同情した椰々美が「大丈夫。梨々ちゃんが大切にしているカエルだもん。梨々ちゃんはカエルのおかあさんだから、カエルを大切にしなくちゃ駄目なの。椰々美が我慢する。捨てなくていいよ」としゃくりあげながらも、梨々子を庇い、泣き止んでくれたことがあった。

「あのとき梨々子は、いつかこの恩は返すからって、宝物だっていうキーホルダーをくれたのよね。なんとカエルのね。今も持っているわよ」

おかしそうに笑った梛々美に、梨々子は感謝を込めて軽く頭を下げる。

「忘れてないよ。そのときがきたらちゃんと返すから」

梨々子の言葉に「頼むわね」と言って、もう一度笑った梛々美は声を改めた。

「それはともかく、ねえ、梨々子。ギンリンって知ってるわよね？」

「ギンリンって……あの、虫ケア用品を作ってるギンリンのこと？　知ってるどころじゃないけど、それがどうかした？」

「うん……あのね……」

梛々美は少し言いよどんだものの、思い切った表情で続ける。

「私、今度、そこのCMオーディションを受けるの。虫除けスプレーの宣伝だって聞いてるわ」

「ああ、あれか……ギンリンの得意分野だね」

梨々子は業界誌で読んだ新商品のことを思い浮かべた。

もちろん梨々子がいつもギンリンの動向を気にしていることを、梛々美はわかっているはずだ。だからこそ、気を遣っているのだろう。

「ごめんね、梨々子」

梨々子が何か言う前に、梛々美は軽く頭を下げた。

「TAKATOのライバル会社なのは知っているわ。でも東浜《ひがしはま》さんがあちこちに頭を下げて機会を作ってくれたオーディションなの。断るわけにはいかないし、私もチャンスを無にはしたくない……私なんて崖っぷちだし」

「崖っぷちって？　椰々美が？」

「そうよ。たいして売れていない二十七歳のモデル兼タレントなんて、どんどん追い詰められるのよ。若くて可愛い子は日々出てくるもの」

そう言った椰々美の視線は厳しく、ルージュで艶やかな唇はきつく引き結ばれた。

いつもとは違う妹の様子に、梨々子は安易な慰めが言えずに黙り込む。

「仕事がなくなったらどうしようっていつも考えるの。大学のときからずっとこの仕事だから……」

「モデルやタレントだけが仕事じゃないよ」

ごく一般的な意見として言ったが、椰々美の視線が尖った。

「どうしてみんな、簡単にそう言うのかしらね！　たとえば梨々子だって今の仕事だけが仕事じゃない。転職したらって言われたらどんな気持ちになるか想像してよ」

「あ……」

確かの自分の人生から『蚊』がなくなることなど考えられない。

「ごめん、椰々美。確かにそうだね。やっぱり誰だって自分の選んだ仕事を最後まで頑張りたいよね」

仕事のことで母にちくちく言われるたびに、ざらつく気持ちになる。

いったいいつになったら母は自分の気持ちを理解してくれるのだろうか。子どもの時の好奇心とは違う気持ちで仕事に対峙しているのをわかってくれるのだろうかと、怒りに近い苛立ちがこみ上げてくる。

わかっていたはずなのに、椰々美に対して同じ態度を取ったことが恥ずかしい。

「きつい言い方してごめん……でも、余裕がなくて焦っているのは本当なの。……だから、東浜さんが、一度でもいい仕事がきたらそれが足がかりになるって、あたし以上にこのオーディションに張り切ってくれているから、なんとしても応えたいの」

モデルデビューをしたときからずっと世話になっているマネージャーの東浜の名前を出して、椰々美は熱のこもった口調で言う。

「そうなんだ。東浜さん、頑張ってくれてるんだね」

梨々子は、大きな身体に似合わず腰の低い東浜清隆《きよたか》を思い浮かべて、なんとなくほんわかした気持ちになった。

元九十キロ級の柔道選手で、オリンピックの強化選手枠に入ったこともあるという東浜は、その巨体に似合わず、優しい顔立ちで物腰も柔らかい男だ。怪我で柔道をやめてから、叔父の経営する芸能プロダクションに入社したと聞いている。

愛敬のある人なつこさのせいか三十一歳という年齢よりずっと若く見えるが、武道家らしい礼儀正しさで、反根家の信頼も厚い。

椰々美がデビューしたときからの付き合いで、もう十年近くなんだかんだと顔を合わせているので、梨々子にとっても兄のような存在だ。

当然梨々子の勤務先も、仕事内容も把握しているが、それよりも椰々美の仕事を優先させるのは東浜としては当然のことだ。

――若くて可愛い女の子はたくさんいます。でも椰々美さんには見る人を癒やす、優しくて温かいオーラがあるんです。今は癒やしの時代ですから、絶対ブレイクするはずなんです！　僕が絶対に椰々美さんをブレイクさせてみせます。

それが東浜の口癖だった。

椰々美のために必死になる東浜を思えば、たとえライバル会社のＣＭであろうとどういう気持ちには到底なれないし、そんな権利もない。

「そっか、東浜さんの肝いりなんだ。頑張らないとね」

「いいの？　気にしない？」

控えめに尋ねる椰々美に梨々子は大きく頷いた。

「気にするわけないでしょ。あたしはＴＡＫＡＴＯの一スタッフにすぎないんだし、椰々美がギンリンのＣＭに出たところで、全然関係ない。別に隠しているわけじゃないけど、椰々美とあたしが双子だって知っている人はいないし、そういう意味では好都合かもね」

「そうだね。それに関しては、おとうさんに感謝しないといけないわね」

うっすらと笑った椰々美に、梨々子も少し引きつった笑いを返す。

梨々子に双子の妹がいるのを会社の同僚たちは知っているが、タレントの「吉川美波」だということを知っている人はいない。椰々美との関係は良好だが、環境も性格も、そして容姿も違い過ぎている気後れもあって、会社関係の知人に紹介することもなくここまで来ていた。

こんなときは、椰々美に本名を使わせなかった父の先見の明に、梨々子も心から感謝する。

もともと娘が不特定多数の目に晒される仕事をすることに、父はいい顔をしなかった。それでも普段はふわふわして周囲に流されているように見えていた椰々美が「やりたい。梨々子が虫を飼いたいっていう気持ちと同じぐらいに、やりたいの」と言い切った。梨々子の虫への情熱は家族全員が認めるところだ。非常に迷惑なことも多々あったが、止めることは無理だと今では納得している。

その梨々子の情熱を引き合いに出した椰々美の思いの強さに、父は言葉に詰まり、母は目を丸くした。顔を見合わせた両親は「そんなにやりたいのなら仕方がない」と言って、椰々美の希望を受け入れた。

これまで何かしたい、などと強く主張することがなかった椰々美を応援したい気持ちが、両親には当然あったはずだ。

だが結局椰々美の仕事は、一般人の家族には何かと煩わしいことが起きる可能性もあったし、やめたあとに普通の生活に戻りやすいだろうという父の考えで、本名を使わず、家族の情報を出さないことがモデルデビューの条件となった。

父親としては椰々美がタレントとして売れる売れないという以前に、普通の娘として幸せになってほしい気持ちだったのだろう。

結局それが今になれば、椰々美にも梨々子にとってもいい結果になった。

「新商品のCMかあ……TAKATO側の人間として焦るなあ。ギンリンの虫除け関連商品は強過ぎる。虎一族に一泡吹かせようとうちもいろいろ頑張ってるんだけど、なかなか追いつけないなあ」

「虎一族って何？」

「ちょっと、虎一族も知らないでギンリンのCMオーディションを受けるなんて度胸あるね、椰々美」

梨々子は心から驚いて、真顔で説明を始める。

「まず、ギンリンの社名は、創始者だった銀林《ぎんばやし》景虎《かげとら》氏の名字を読み替えたものね。これは基本。でもって、創業以来変わらずに銀林一族が会社のトップを務めてるんだけど、景虎氏にあやかって、男子は代々『虎』という字が名前に入るんだよ」

「それで虎一族なのね」

「そう。今の社長が正虎《まさとら》、三人の息子はそれぞれ久虎《ひさとら》・虎之進・由喜虎《ゆきとら》って名前。長男と三男は学究肌で経営には興味がないので、一番遣り手の虎之進っていう次男が、たぶん次期社長になるだろうって言われてる」

「虎之進……いくつなの？　六十代？」

「まさか。社長がそのくらいだよ。虎之進って名前はものものしいけれど、まだ三十三歳だって、この間雑誌で見たよ」

梨々子は業界誌で見た銀林虎之進の写真を思い浮かべる。

彫りの深いなかなかのイケメンだったが、営業用の笑みでも隠せない鋭い視線と、皮肉っぽい口元に本性が出ていた――と、自社のライバル会社への反抗心というフィルターをかける。

「頭は良さそうだけど、性格は陰湿そうな感じ。もし何かの拍子に直接会うことになったら、気をつけたほうがいいと思うよ」

「そうなんだ……虎一族ってなんだか強そうね」

実感がないのか柔らかい雰囲気で感心する椰々美に、梨々子は真剣に注意する。

「本当にギンリンの仕事をしたいなら、ある程度会社のことぐらい調べておかないとまずいんじゃないの？」

「就職試験じゃないから大丈夫だと思うけど」

首を傾げる椰々美に、梨々子は眉根を寄せる。

「あまーい！　椰々美。会社のトップがどれほど自分の会社に誇りを持っていることか。まずそこをちゃんと認識しないと、オーディションで恥をかくよ」

「そ、そうだね。……ＨＰで基本的なことはチェックしておくわ」

梨々子の剣幕に気圧されたように頷く梛々美に一応納得して、梨々子は話を変える。

「それがいいよ。じゃあ、もう一つアドバイスしていい？　梛々美。これを言えば、この人は蚊のことがよくわかってるんだなあって、あたしたちが思う言葉」

「何？」

今度は梛々美が身を乗り出した。

「蚊はどうして駆除しなければならないか？　何故だと思う？」

「ええと……一番は刺されると痒いから。あと耳元でキーンってうるさいし、睡眠を妨害するのも嫌だわ」

真面目な顔の梛々美に梨々子は「それも当たりなんだけど」と一度頷く。

「蚊はね、病原体の運び屋としては超エリートなんだよ」

「運び屋って、危ない言い方ね」

梛々美は軽く顔をしかめる。

「だって本当に危ないんだもん。最近じゃデング熱とかジカ熱とかで騒がれてるでしょ。あの感染症の菌を媒介しているのは蚊だって知ってるよね？」

「……あ……そうね。ニュースでもそう言ってたわ」

「そうなんだよ。あんな小さいのに蚊はそういうめちゃくちゃ怖ろしい一面があるの。すっごく有能っていうか、昆虫界のゴッドファーザーっていうか、凄腕のアサシンっていうか……」

思いついた蚊のキャッチフレーズの的確さに、ついうっとりとしてしまった梨々子に椰々美が胡乱《うろん》な視線を注ぐ。

「それって蚊の肩を持っているみたいに聞こえるけれど」

「いや——そうじゃなくて」

慌てて梨々子はぶんぶんと手を横に振って話を戻す。

「つまり、蚊に刺されると痒いだけじゃなくて、とても危ない場合がある。大げさじゃなく、生命の危機に晒されるかもしれない。つまり、刺されない、寄せつけないことが一番肝心なんだよ。だから虫ケア用品でも虫除けスプレーでもなんでも使って、蚊に刺されないようにしましょうって言うわけ」

梨々子は一つ咳払いをしてもったいぶった調子を作る。

「え——蚊という生物はとても有害な場合があります。病原体を持った小さな蚊がもたらす災厄をギンリンの皆様はよく把握し、公衆衛生の面から社会に多大な貢献をしていらっしゃいます。病気にならなければ医療費もかからない、健康であれば勉強も仕事もはかどる。つまり、ギンリンは日本社会全体のＱＯＬ、すなわち生活の質《クオリティ・オブ・ライフ》の向上を後押ししているのだと思っています——なんて言ってみたらどうかな。きっとギンリンのお偉いさんが、感動しまくってやとってくれるんじゃない？」

「……そんな、大げさな……ＣＭタレントは研究員じゃないわ。ようはテレビ映りとか、笑顔とか、ポスター写真にしたときにどう見えるか、とかそういうことが肝心なのよ」

「そりゃあそうかもしれないけど、それだけじゃないはずだよ。あたしたちは一年三百六十五日真剣に蚊に向き合い、ときには蚊に自分の血を提供したりもする」

さすがにそれは気色が悪い、という顔をする梛々美に梨々子は真剣に訴える。

「だからこそ、商品を宣伝する人にも、ちゃんとその意味を理解してほしいと思う。ただ可愛いとか、綺麗とか言うだけじゃなくて、作り手の苦労も、商品の価値もわかって、CMに出てほしい。贅沢な望みかもしれないけれど、あたしはそう考えている。その点に関してはギンリンの社員だって同じ気持ちだと思うよ」

熱の入った梨々子の言葉に、梛々美は姿勢を改めてから頷いた。

「ごめん、梨々子。あなたの言うとおりだわ……私だって自分の仕事が大切だもの。オーディションにはギンリンの人も同席するはずだから、今の話、使わせてもらうわ。ありがとう」

「是非使ってよ。頑張ってね」

真剣な目をした梛々美を、梨々子は心から励ました。

2　恋のボウフラ（♂）

「家庭用殺虫剤では業界シェアNO．1を誇る株式会社ギンリンとして、今後の展望はいかがお考えでしょうか？　銀林専務」

「先ほど申しあげましたように、殺虫剤ではなくて、虫からお客さまをケアするという意味の『虫ケア用品』です。そこはお間違えのないようにお願いいたします」

一流ホテルの喫茶室の一角で女性誌掲載用のインタビューを受ける虎之進は、先日のインタビュー記事で、こちらのチェックを受け流したのか『殺虫剤』と記載されてしまった経験から、穏やかながらきっちりと念を押す。

熱心さを装う若い女性ライターの笑顔には媚びがあり、スーツの胸元が開き過ぎて、この場に相応しくない。

（三十も過ぎた男が、女の胸を見たぐらいでくらくらするとでも思ってるのか？　俺にとって大事なのは、殺虫剤と安易に書かない注意深さだ）

往年のハリウッド女優を思わせるような大きな目が自慢らしいが、上目遣いに瞬きをされても「塵《ちり》でも入ったのですか」と聞きたくなるだけだ。

唇の笑みを絶やさずに虎之進は目の前の彼女を嘲《あざけ》った。

まだ三十三歳で独身、人目を惹く男性的な容姿に垢抜けた立ち振る舞い。それだけでも女性の評価はなかなか高いかもしれない。しかも現在の肩書きは専務だが、株式会社ギンリンの次期社長となれば、下世話な好奇心や、甘い汁を当てにして近づいてくる人間も多い。

特に自分に自信がある女性は、さりげなく、だが強引に押してくる。

この女性誌のライターも出会ったときからちらちらと色気をひけらかそうとする。（身長百五十八センチ、バスト78、ウエスト62、ヒップ85。全て誤差三センチ程度。バストを強調する体型ではない）

身体にぴったりしたミニスカートのスーツで身を乗り出してくる彼女を、虎之進は冷淡に査定する。

別に女性のスリーサイズに優劣をつけるつもりもなければ、興味もない。

だが仕事であることをわきまえず、機会に乗じて女性としての自分を売り込んでくる相手には辛辣になってしまう。

「失礼いたしました。では話を戻しますが、虫ケア用品というのは、ある程度どのご家庭にも浸透しているものだと思います。ですから今後はやはり、個別のニーズにお応えするというのが、企業として重要になってくると思うのです」

相手への嫌悪と軽蔑を微塵も出さずに、虎之進は答える。

家庭用虫ケア用品を選ぶのは、多くの場合女性だ。つまり女性の支持を得ることが重要だ。

だから虎之進は、業界誌だけではなく女性誌のインタビューにも積極的に応じている。それが功を奏しているのか、ギンリンの主婦受けは右肩上がりだ。

「たとえば、具体的にはどういうことでしょうか？」

また身を乗り出して、頬を寄せるようにして彼女が尋ねる。

こういうとき、下調べのいいライターなら、ギンリンの商品名を自分からあげて、そこから話を膨らませる。

（丸投げか……）

適当さを感じて不快感を覚えるが、そこはぐっとこらえて、虎之進は少し早口になる。

「まず、地域で必要な虫ケア用品は違いますよね。蚊の多く出る場所、ハエに悩まされる地域、ゲジやムカデ……ヤスデ……悩みの種はいろいろです。弊社も害虫別のケア用品の充実に力を注いでいます」

大きな目を見ひらいて「私も虫、苦手ですぅ」と彼女は唇を尖らせる。

「そういう女性は多いですね。理由もなく嫌いという、虫に取っては気の毒なことですが」

柔らかい口調で、虎之進は無意味な媚びを受け流す。

「今は若い男性でも昆虫が触れないという人は多いらしいですよ」

彼女はちょっと自慢げに胸を突き出した。

「それは残念ですね。自然が失われているせいでしょうか。私が小さい頃は家で虫を飼ったものですけれど」

未だに兄と弟は研究室のみならず自宅でも虫の飼育に余念がないが、さすがに虎之進はもうすっかりそんなことはしなくなった。

「正直、家に虫がいるのって嫌ですよ。ハエと蚊、ゴキブリなんて絶滅すればいいって思います」

顔をしかめて彼女は身を震わせる仕草をする。

「あっ……でも、虫がいなくなると、ギンリンさんは仕事がなくなっちゃいますね。それも困りますよね！　商売の種ですからね」

いかにも気の利いたことを言ったようなしたり顔に、虎之進は内心呆れたものの笑顔は崩さない。

「確かに私どもは、虫に食べさせてもらっていますが、それとは別の理由で、蚊やハエの絶滅を願ってはおりません」

やんわりとだが、虎之進はきっぱりと言い切った。

「どんな理由ですか？」

「どんな生物も生態系の一環を担っています。その輪が人為的な行為で途切れるのは、人類にとって望ましいことではないと思います」

「……？　人類？」

なにを大げさなという顔をする彼女に、虎之進は軽く微笑みかけた。

「私は学者ではないので、想像だけですが、蚊やハエがいなくなればそれを食物にしている生物に危険が迫る。彼らが媒介するのは、ウィルスだけではありませんから、それによって命を繋いでいる生物にも影響が生じる。その連綿とした生命の営みを、勝手に切るのは傲慢であり望ましいことではないということを、私どもは心に誓って仕事をしております」

「はぁ……そうですか。それはちょっと読者には難しいお話ですね。消費者はそこまで深く考えていませんから」

そのときだけちょっと冷たい口調になった彼女に、虎之進はしらけた気分になる。

(わからないと頭から決めつけてどうするんだ？　新しい知識を与えるのがあなたの仕事だろう)

「消費者の知識や向上心を軽く見る企業は失敗します。読者も同じではないですか？」

にっこりと当てこすると、彼女が不意を衝《つ》かれた顔をした。

だが虎之進はそれ以上深追いをせず、話を戻す。

「それはともかく……虫ケア用品はその効用と同時に、大切なのは安全性です。小さなお子さんがいらっしゃるご家庭では、この虫ケア用品を使っていいのか？　使った場合、残留薬品はどれぐらいで、どういう影響があるのか、それをとても気にされます」

「……そうですね」

今度は深く頷いてメモを取る彼女に間を与えず、どんどんと虎之進は話を進める。第一、この程度は一般的な話で、メモを取るようなことでもない。

真剣に向かってくる相手なら、どんな拙《つたな》い質問でも誠意を持って答えるが、今日の相手は違うと判断して、さくさくと自分のペースで仕事を進める。

「今のお母さま方はとても勉強熱心で、商品の選び方一つでもおろそかにしません。安いからとりあえず買うということはあまりないように感じています」

さりげなく購買層である女性を持ち上げて、虎之進は真剣な眼差しで語る。

「もちろん弊社としてはいいものを手に入れやすい価格でご提供することは、大きな目標です。ですが今はそれに加えて、常に人の身体への影響や、環境に配慮しつつ、よりよいものを作ることが肝心だと考えております」

インタビュー慣れしている虎之進は、どの程度話せば記事ができるかは、大まかに把握できる。今回はさっき何枚も撮った写真が大きく載って、記事は添え物程度だろうから短くていい。

「ギンリンとしては虫ケア用品を売ることよりも、それを通じて社会に貢献することを忘れてはならないと思っています。大げさかもしれませんが、公衆衛生の観点から見た生活の質の向上と、皆様の健康の支えになりたいという理念の基に努力しております」

記事になりそうな話題を二、三付け足したあと、きっちりと自ら総括を述べて、虎之進は「それでは」とにこやかに打ち切りを告げる。

「そろそろお約束の時間ですのでよろしいでしょうか。次の約束もありまして、本当に残念ですが」

反感を買わない程度に言葉だけで未練を伝えて、虎之進は時間切れを告げる。

「あ、では、もう一つだけお聞きしたいことが――」

「はい、なんでしょうか？」

「銀林専務はまだ独身ということですが……理想の女性はどういう方でしょうか？」

人気芸能人でもない人間の理想の女性など誰が興味を持つのか。

「女性というのは、素敵な男性がどういう理想を持っているのか知りたいものなんです」

知りたいのは読者ではなく、単に彼女なのではないかと虎之進は疑う。

（本当のところで読者のニーズを読み違えているんじゃないのか？　今の女性はそうそう色恋に興味があるようには思えない）

少し苛立ちを感じるが顔だけは笑みを消さない。

「私なんてまだまだ駆け出しで、理想なんておこがましいことを言える立場ではないですが……何事も一生懸命な人に惹かれます」

「キャリアウーマンということでしょうか？」

自分のことを言われたように目を輝かせる彼女に虎之進はつれない視線を向ける。

「世間一般に言われているキャリアウーマンという意味でしたら、それは違います」

「……と言いますと？」

「自分のやるべきことに一生懸命な人という意味です。仕事でも、勉強でも、家事でも、対象はなんでもいい。とにかく今やるべきことにひたむきな人に惹かれますね」

「……なるほど、では、そういう方にお会いになったことはありますか？」

それは記事に必要な問いかけなのか、単なる興味なのかと尋ねたくなり、少しからかいたい気持ちがよぎる。

「あります。しょっちゅうですよ。今日のように有能で素敵なライターさんにもよくお会いしますしね」

ぱっと頬を染めた彼女に虎之進は「それだけに――」と続けた。

「おかげさまで目が肥えたので、本当に理想の女性に会えば、一目でわかると思うんですよ」

ぐっと言葉に詰まった彼女に虎之進は微笑みかける。

「早くそういう女性に会いたいなと密かに願っているんですが……なかなかピンとくる方とは巡り会えないものですね」

「いろいろ考えないでとりあえず付き合ってみないと、本当はわからないんですよ。いまどきの男性は恋愛に頭でっかち過ぎるっていうのが、多くの女性の意見です」

立ち直りよく訳知り顔で言う彼女に、虎之進は深く頷く。

「ご忠告ありがとうございます。では、今度ピンとくる方にお会いしたら、声をかけてみようと思います」

今度――を強調して、遠回しに「あなたには興味がない」ということを虎之進は上品に告げる。

「では、記事ができましたら、掲載前に秘書宛てにお送りください。私はこれからここで人と待ち合わせをしておりますので、お送りできませんが、どうぞよろしくお願いします」

柔らかい口調ながらきっぱりと言うと、彼女はさすがに席を立った。

「何かあったらいつもでご連絡ください」という一言を残して彼女が帰ると、虎之進は冷めてしまったコーヒーを注文し直した。

もちろん、待ち合わせというのは、インタビューを切り上げるための体の言い嘘だ。

せっかくの休日にそういくつも約束があったらたまらない。

「六時……まだ時間は充分にあるな」

ゆっくりとコーヒーを飲み直したら、本屋で時間を潰したあとバーで軽く飲もうか。

残り時間の過ごし方を算段していると、陽気に話ながら入ってきた男女の四人連れが斜め隣のテーブルに座った。

それなりにかしこまった格好をし、手に小さな紙バッグを提げている。

(結婚祝いか……休日だからな)

みるともなく彼らを視界に入れると、こちらに背を向けて座った女性たちが姿勢を変えたときに眼鏡をかけた女性の横顔が見えた。

「花嫁さん、ドレスがすごく可愛らしかったね、梨々子」

グレーのワンピース姿の女性が隣に座った眼鏡の女性に同意を求める。祝いの場に出席したあとの高揚感のせいか、少し声が大きく、聞き耳を立てなくても聞こえてきた。

「白雪姫とか、シンデレラみたいでしたね」

梨々子と呼ばれた女性が頷くと、緩いカールをつけた髪が背中で揺れた。

「アリスのお茶会のイメージだろう。水色のドレスに白いエプロンっぽいレースだからな、ありゃアリスの取り合わせだ。姉が一時期はまっていたから知ってる」

向かい側に座った男性が軽く顔をしかめるのが見える。

「三時に始まって、いろんな種類の小さなスイーツにサンドウィッチ、紅茶……すげぇ凝りようだったなあ。一瞬酒がないかと思って焦った」

「完全に嫁さんの趣味だ。新郎の頭には虫のことしかないもんな」

「ファンタジー脳と昆虫脳の組み合わせか……大丈夫か？」

「まったく興味が違う夫婦なんてよくいるんじゃないのか？　案外対立しなくていいのかもしれんぞ。それにアリスの話って結構えぐい感じの芋虫が出てくるだろう？　あの嫁さん、虫もいけるかも」

「そうだな……とりあえず、参加者としてコスプレを要求されなくて良かったよな」

男性ふたりは多少皮肉な口調だったが、梨々子という女性が「コスプレでも良かったですね」と言い出した。

「だって、着るものに悩まないで済んだかなあってちょっと心が揺らぎます。アリスのコスプレなら段ボールでトランプを作って、首から提げればいいだけじゃないですか？　確かトランプの兵隊がいましたよね」

低い声でぼやいた彼女は、新調したらしい黒のパンツスーツだ。

柔らかい生地を重ねたスーツは祝いの席に相応しく華やかで品が良く、コスプレを望むような趣味には見えない。

「そうそう、梨々子がデニム以外の服を持っていると思わなかった」

「俺も思った。上手く化けたなぁ……ボウフラが蚊になったみたいだ」

「同感、イエカだと思っていたらヒトスジシマカだったか」

他の三人が笑うと、その梨々子は困惑した調子で言う。

「買ったんですよ。いつもの格好で行こうとしたら、母にすごく怒られまして。人は虫じゃないんだから、祝いの気持ちを服装で表すんだって、言われました」

「偏見だろう、それ」

向かい側の男性が難しい顔になる。

「虫だって雄と雌じゃ形も色も違うしな。身近なところではカエルとか蝶なんてどんどん着替えて形を変えるよな。みんなやってることは同じだ」

「そうなんですけど、母には通じないんですよ。虫とかカエルとかがまるで駄目なんで」

「そうなんだ。じゃあ梨々子の蚊への愛情はどこから生まれたんだろうね。おかあさんじゃないことは確かだ」

（どこかの研究員か？　まさかうちか？　いや、違うな……それなら誰かが俺に気がつくだろう）

楽しそうな笑い声を聞きながら、虎之進はそう思った。

ギンリンにも研究員はたくさんいて、彼らは食事をしながらでも飲みながらでも、普通にゴキブリやハエを話題に持ち出す。

虎之進の兄と弟にしてもそうだ。飲んでいる席で、さんざんゴキブリやハエの話をして虎之進をうんざりさせたあと、研究棟を立て直せだの、機材を買えだの、無茶な要求をしてくる。

投資しただけのものが返ってくると予測できなければ、おいそれと金は出せないということが、彼らにはわかっていない。

——いいか、成功なんて万に一つ。その一つに金を出すのが、ギンリンという大手会社の社会的な責任だ。

——そうだよ、兄さん。金ばかり気にしていてはいいものは生まれないんだ。

いったいギンリンにどれだけの社員がいてどれくらいの給料を払っていると思っているのか。

頭が「いいものを作る」ことでいっぱいの兄弟に虎之進は会社のあり方というものを教える。

——会社としてはまず社員を養う義務があるんだ。利益優先だ。儲からなければその先に進めない。

　すると彼らは「いいものを作れば売れる」と必ず言う。

　だが、いいものを作れば売れると言う、ごくあたりまえの理論が成り立たないのが市場というものだ。この世の中にどれほどいい加減なものが溢れているか、わかっていないのかと歯がゆい。

　自分の常識が通用しない世界が必ずある。彼らの常識はあまりに狭過ぎると考える虎之進はふたりを突っぱねるしかない。

　――まず今できる限りのいいものを作れ、そうしたら俺がなんとしてでも売ってやる。

　研究棟を作るのも、機材に投資するのもそれからだ。

　宣戦布告まがいに聞こえるだろうが、虎之進だって会社のために必死なのだ。

　兄と弟が真剣に仕事に向き合っているのは誰より知っていて、研究費がかさむこともわかっている。昼夜を問わずに研究に勤《いそ》しむ兄弟のことは認めている。だが、虎之進には虎之進の立場がある。

　経営に関わる立場として絶対に守らなければならないのは会社であり、社員だ。兄や弟が研究をはぐくみ慈しむように、自分は社員を庇護《ひご》してやらなければならない。

（たまには、休日に、ろくに下調べもしない相手に会社を売り込んでいる俺の身にもなれ）

　楽しそうな研究員らしき彼らに少しだけ苛立ちを感じながら虎之進は席を立った。

「でも、こうして今日のお祝い会に出てみると、母の言うこともわかりました」

虎之進が隣のテーブルの横を通ったとき、梨々子という女性が言った。

「いつもの格好で出たらすごく恥を掻いただろうし、わざわざ呼んでくれた相手にも失礼だっただろうって。私の狭い世界の常識が常識じゃないって改めて思ったんですよね……虫ばっかり見てるから、なんとなく忘れちゃうのかも。帰ったら母に謝らなくちゃ」

――私の狭い世界の常識が常識じゃない。

自分が今さっき考えていた言葉が聞こえて来たことに驚き、虎之進はふっと彼女のほうを振り返った。

無骨な太い黒縁の眼鏡をかけた顔立ちは化粧が薄く地味だったが、擦れていなさそうな眼差しに力があった。

（……悪くない）

何故かそう思ったことに焦った虎之進は、ぱっと視線を前に戻すと急いで喫茶室を出た。

一瞬だけ見た女性を何の理由があって品定めしているのか。

自分の品のなさに顔をしかめた虎之進は、近づいてきたベルボーイにタクシーを頼んだ。

3　美人の擬態

結婚式の二次会用に見立ててもらった黒のパンツスーツは、とても評判が良かった。シフォンを重ねた素材が、二次会にぴったりで、ホテルのシャンデリアによく映えた。

——化けたなぁ……ボウフラが蚊になったみたいだ。

——イエカだと思っていたらヒトスジシマカだったか。

同僚たちの感想はなんとも微妙なものだったが、とりあえず場に添った装いだったことは間違いない。

もちろん翌日はいつもの髪の毛一本縛りとデニムで出勤した梨々子に、「やっぱり」と安堵の声があがると同時に、「昨日の反根さんは双子の妹さんに違いない」という声も聞こえてきた。

(冗談なんだろうけど、妹があたしと似ても似つかない美人だってわかったらびっくりするだろうな)

内心で面白く思っていた数日後、梛々美のギンリンCMオーディションの結果が出た。

——ギンリンのオーディションに受かりました！　梨々子のアドバイスのお陰、ありがとう！

——おめでとう。やったね。

SNSで来た知らせに簡単に返してから、梨々子は思わず辺りを見回した。

（やっぱり身内がギンリンの虫除けスプレーの宣伝をしてるなんてわかったら、いろいろ問題あるのかなあ……）

周囲の思惑や自分への評価など普段はほとんど気にしないが、現実となると気にしたほうがいいのかと、多少迷う。

（でも、あたしはただの平社員で、企業スパイになれるほど中枢に入り込んでいるわけじゃない。それに、これだけ社員がいれば、親族がライバル企業の関係者って人だって一人や二人いるでしょ）

前向きと言えば聞こえはいいが、もともと自分のやりたいこと以外深く考えない質《たち》の梨々子は数分後にはすっかり割り切った。

椰々美のオーディション合格を家族で祝った翌日、今度は梨々子に幸運とは言いがたい一大転機がやってきた。

いつものように出勤したその朝、待ち構えていた上司の海老原《えびはら》が、梨々子に異動辞令を差し出した。

「悪いんだけど、来月から家庭用洗濯洗剤部門へ異動、お願いしますね」

恵比寿さまに似た海老原は、聞き捨てならないことを、いつものようににこにこと切り出した。

「は？　嘘ですよね？」

来月というと聞こえはいいが、今月はあと一週間。しかも月末は土日だから、実質は五日しかない。それでは心の準備など無理だ。

「嘘と言ってください！」

上司に向かってなんという口のきき方だと叱責されても仕方がないが、びっくりしたあまりに取り繕うことができなかった。

ＴＡＫＡＴＯに入社して足かけ五年、蚊一筋に職務に励んできた。

目標としているギンリンのシェアを抜くことはできていないけれど、成果だって上がっている。

異動になる理由など考えられない。

「私が何か失敗しましたか？」

遠慮なく詰め寄ると海老原が仰け反って首を横に振った。

「違うよ。反根くん。これは向こうからの要望なんだよ。是非君がほしいってね。ありがたい話だよね」

「そんなの全然嬉しくありませんっ！　私は洗濯に興味はないんですっ！」

洗剤の開発に日々携わっているスタッフには聞かせられない言葉だが、頭に血が上った梨々子は言葉を選べない。

「まあまあ、落ち着いてね、反根くん」

平素から浮き世離れしたスタッフを相手にしている海老原は荒ぶる馬を宥《なだ》めるように、ゆったりとした調子で言う。

「これは、洗剤開発部の宝井くんからのたっての頼みなんだよ。宝井くんって君の大学の先輩だよね？」

「はい……そうですが……」

あれやこれやと世話になっている宝井の名前を出されて梨々子はトーンダウンする。

「彼女、今、妊娠中なのももちろん承知してるでしょ？」

「はい……」

「それで彼女が休みに入ることになったんで、その穴埋めを君にお願いしたいと、彼女が懇願したらしいよ」

「産休ですか？　もっと先だって聞いてましたけど……」

この間休憩時間に少し話したときはまだお腹の膨らみも目立たなくて、産休まで間があるから頑張らないといけないと言って、元気そうだった。

「予定はね。調子がよろしくないので医者に行ったら、すぐに安静と言われたようだよ」

「あ……」

結婚の予定どころか、恋人もいない梨々子だがそこは同性として大変な事態だということはわかった。

（そういうことならここは協力すべきだと思うけど……産休のときのスタッフだったら当然予定してるはずじゃないの？　赤ちゃんは突然生まれるわけじゃないんだから）

宝井の身を案じつつも、梨々子は今ひとつ納得できない。そして梨々子は納得できないことを腹に溜めておけない質だ。

「おっしゃることは一通りわかりました。ですが、宝井先輩が産休に入ることは決まっていたことですよね。補充のスタッフは予定されていたと思うんですが、どうして私なんでしょうか？」

「そうそう、そうだよねぇ」

にこにこと無敵の恵比寿顔で海老原は頷く。

部下がどんなにいきりたとうとも、とらえどころのない態度で、相手が疲れるのを待つという技を持つ海老原に、梨々子は焦れてくる。

「そうだよね、じゃないですよ。予定していた補充スタッフに来てもらえばいいじゃないですか！」

「そうそう、そうなんだけど」

柔和な笑顔で海老原は梨々子の怒りの矛先をかわす。

「宝井さんのお休みが急過ぎて、予定していたスタッフのスケジュールが合わなかったんだよ。ほら、宝井さんも技術職だから、そうそう簡単に穴埋めができるわけじゃないでしょ？　それを聞いた宝井さんが、それなら信頼している後輩の君に引き継ぎをしたいって、上司に直談判したそうだよ。信頼されてるっていいねえ」

それは信頼されていないよりされているほうがいいに決まっている。

宝井には世話になっているから役に立てるなら嬉しいけれど――。

「じゃあ、私の後任はどうなるんですか？　私だって今の仕事を放り出していくわけにはいきません！」

いくら宝井のためでも、梨々子には梨々子の仕事も役割もある。

「そうだよね、よくわかるよ。反根くんは本当に頑張りやさんだからねえ」

（二十七歳で〝頑張りやさん〟なんて言われて喜ぶ人間がどこにいるんだ。花丸で喜ぶ幼稚園児じゃあるまいし）

背中をぞわぞわさせた梨々子の反撃がにぶると海老原は「それがね」と話を続ける。

「急だったんだけれど、蚊の飼育と虫ケア用品全般の研究経験があるスタッフが見つかってね。その人にこちらにきてもらうから、安心して行ってきていいよ」

安心して、行ってこいってことは、つまりお払い箱か――。

海老原にそんなつもりはなくても梨々子には「君の代わりはいくらでもいる」と言われているようにしか聞こえない。

「可愛い子には旅をさせろって言うよね。反根くんも一度ぐらいは外に出て、一皮むけて戻ってくるといいよ、ね」

（今のあたしは渋皮ありってことですか……ああ、そうですか……）

何もかもが皮肉に聞こえてきて卑屈になる。

福々しい海老原の顔が涙で歪むのをこらえて梨々子は力なく首を縦に振った。

「あの……では、最後にお願いがあるんですが」

梨々子は弱々しさを装ったつもりで、上目遣いに海老原を見あげて、両手を合わせた。

だが残念ながら女子力が低い梨々子が、そういう仕草をしても媚びを売っているようには見えない。

ふくふくとした恵比寿さまを拝んでいるという風情で、梨々子は願いを口にする。

「今月末の日曜日に行われるあれには、この部署のスタッフとして参加させてください」

「あれ？　なんだっけ……飲み会あったっけ？」

ふっくらした頰を傾げる海老原を、梨々子は涙目で睨み付ける。

「忘れたんですか！　虫供養の日ですよ！　今年は薬品部門がある大手会社合同の、盛大な供養祭なんですよ！　どうして忘れられるんですか！」

梨々子は拳を握りしめて、声を上げた。

蚊のみならず、ハエ、ゴキブリ、毛虫、――害虫と呼ばれる虫たちを研究の対象とし、日々その命を捧げてもらっている身として、一年に一度の虫供養は欠かせない。

いつもはＴＡＫＡＴＯだけの供養祭になるが、今年はそれぞれの会社の役員たちが一堂に会して大々的に行われる。

企画発案がライバルの会社のギンリンなのは少々ひっかかるが、蚊たちに日々愛と敬意を捧げている梨々子としては絶対に行かなければならない。

「ああ、忘れてた——でも、反根くん、あれ、行きたいの？　でも、読経と焼香だけだよ。食事とかないよ。法事じゃないから」

「わかってます！」

梨々子は憤然と答える。

「何もそんなに怒らなくても……お祭りと間違えてるといけないと思ってね。ほら、うちのスタッフってちょっと浮き世離れしていて、屋台が出ると思った人がいてね……」

「……大丈夫です。ちゃんと理解した上で言ってます」

ぎりぎりと歯ぎしりをするように答えると、彼が「うん」と頷く。

「日頃、我々が研究でいただいている命の尊さを忘れないことは、大切なことです。命を大切にすればこそ、研究にも身が入るというもの、是非、出席してください。反根くん」

最後はもっとらしい言葉で、海老原は許可を出した。


虫供養祭の当日、梨々子は大学入学時に買った黒のパンツスーツで、都心にある会場の蔵福寺に向かった。

役付きのスタッフの出席は義務づけられているが、休日と言うこともあり、それ以外のスタッフの参加は個人の選択に任されている。

（確かにそれぞれの会社のスタッフが全員参加したら、大変な人数になるよね。それでなくても出勤が不規則な職場で、家族サービスもあるし休めるときは休まないと。でも、私はこれがこの部署での最後の仕事になるかもしれないし……）

そう考えただけで、供養祭に向かう道すがら目頭が熱くなる。

（これまであたしと苦楽を伴にしてくれた蚊たちの冥福を祈ろう）

粛々とした気持ちで梨々子は供養祭が催される寺へとたどり着いた。古刹として名を馳せた蔵福寺は都内にあるとは思えないほど、閑静で広々としていた。

（名前は知ってたけど、初めて来たよ……すっごい大きなお寺だ）

梨々子が目立たないように視線だけで辺りを見回していると、背後から肩を叩かれた。

「明日から新部署だっていうのに、律儀だな。ゆっくり休めばいいのに」

振り返ると、同じ部署で、先輩の五十嵐がからかうように笑っていた。

「そんなこと言わないでくださいよ、先輩。行きたくていくんじゃないんですから」

哀しく言い返すと、「まあまあ」と彼は宥める声を出した。

「別の部署でやるのも見聞を広めるにはいいぞ」

「じゃあ、先輩が代わりに行ってくださいよ」

「それは無理。給料倍くれるといっても無理。未だ結婚もせずに俺の貞操は蚊に捧げちゃったも同然だから、男として操は守らねば」

彼は肩をすくめて、さっさと話題を変えた。

「毎年必ず虫供養あるけど、今回ほど大がかりなのは初めてだよ」

「ギンリンが合同供養祭を企画したって本当なんですか？」

本堂に向かいながら梨々子は尋ねる。

「うん。ギンリン専務の銀林虎之進が発起人だそうだ」

「へぇ……意外。その専務って合理主義ですっごい遣り手だって聞いてます。なんだか供養祭なんてやるイメージじゃなかったんですけど」

雑誌で見た虎之進を思い浮かべる。広報活動には熱心そうなのは認めるが、研究対象の虫に気を配るタイプには見えなかった。

「宣伝の一環なんだろう。プレスも相当呼んでいるらしい」

「供養も宣伝に使うって、すごいですね」

ギンリンにいつも先を越されている苛立ちもあって、梨々子は皮肉な口調になった。

「まあな。でも、経費の半分はギンリンが持つんだっていうからさ、うちを含めて他の社にとってはいい話だと思うよ。業界誌のプレスだけじゃなくて、一般誌も来てるらしいし、業界にとっていい宣伝になるんじゃないのか」

「……へぇ……太っ腹なんですね」

損得勘定に細かいのかと思いきや、そうでもないのかと意外に思いながら供養祭が行われる本堂に入った。

ずらりとスーツ姿の男たちが前方を埋めた広間の末席に、梨々子は身体をすくめて正座をした。

ギンリンの社員バッジをつけた男性の司会でおごそかに式が始まり、梨々子は神妙に読経を聞く。

（……これまで一緒に頑張ってきてくれてありがとう。どうか安らかに……というか、天国で思う存分、血を吸うなりなんなりとしてください。お釈迦様はきっとお許しになります。それからあたしが早いうちに、この仕事に復帰できますように——）

供養祭だというのに、初詣のように自分の願いごとを交えて、読経の間中、梨々子は熱心に祈った。

各社の代表が焼香を終え、最後に挨拶に立った長身の男性に梨々子は視線を吸い寄せられる。

（銀林虎之進！）

雑誌で見たとおりの彫りの深い二枚目顔に梨々子はすぐに気がつく。

（……写真どおり……いや、実物は二割方アップ？　かも）

不本意ながら梨々子がそう認めたとき、その虎之進が口を開いた。

「本日は、合同虫供養祭にご臨席賜り、誠にありがとうございます」

中音の声は落ち着いていて、見た目よりはずっと腰が低い口調で、梨々子は意外な気がして耳を傾ける。

「合同で行う供養祭は初めての試みですが、無事こうして開催できましたことは、一重に皆様方のご尽力のお陰だと感謝し、御礼を申し上げます」

　長身を折るようにして、虎之進は頭を下げた。

（案外……いい人？）

　礼儀正しい物腰に、梨々子は彼への偏見を改める気持ちに傾く。

「会社ごとに様々なやり方があるかと思いますが、良いものを作りたい、消費者により良いものを届けたいという志は変わりません。そのために研究対象となってくれた虫たちを悼み、感謝する気持ちも同様のはずです。弊社も生命の大切さを嚙みしめつつ、業界発展の一助になれますよう切磋琢磨していく所存です。本日は誠にありがとうございました」

　また四十五度の角度に深々と虎之進はお辞儀をした。

「……案外、いい人なんですかね？　虎之進専務って」

　本堂を出た梨々子は、背伸びをする五十嵐に話しかけた。

「建前だろう。そういうところをそつなくやるタイプだから、専務なんだよ」

「それはそうですけど……なんだか、嘘っぽくなかったんですよね。口調とか、態度とか、本当にそう思ってる感じがしたんですけど……」

　挨拶にたった虎之進の真剣な声音は演技には思えず、好ましく聞こえた。

「反根っていい奴だなあ。研究一筋の女性にありがちだけど、もっと男を見る目を養え。ぱっと見だけいい、おかしな男に騙されるなよ」

「……はぁ……そうですかね。気をつけます」

五十嵐の軽いからかいに、納得できないまま、そう言うに留めた。

(うーん……でもなあ虫の声と一緒で、人の声にある真実も絶対に隠せないと思うんだけど)

先程聞いた声を確かめるように耳を擦りながら梨々子は、来賓との挨拶に余念のない虎之進を眺める。

集まった企業のトップたちの中でも明らかに目立つのはその長身のせいだけとは思えない。

(まるで発情期の雄鶏みたいに派手なオーラがあるんだけど、発情しているようには見えない。あれはどういう理由なんだろう)

周囲の男性とにこやかに会話を続ける虎之進を眺めていた梨々子は、眼鏡をはずしてレンズを拭き直しながら思い悩む。

「おい、反根、なんでギンリンの専務に見とれてるんだよ。玉の輿でも狙ってるのか?」

虎之進を見てあれこれ考えながら立ち止まってしまった梨々子の肩を五十嵐が軽くこづいた。

「何言ってるんですか。目立つなあと思っただけです。ほら、昆虫でも目立つのは理由があるじゃないですか。あの専務が目立つのはどういう理由かなって、考えてたんです。発情期ってふうでもなさそうだし……」

「こんな場所で堂々とそんな言葉を使うなよ、反根。おまえらしいっちゃおまえらしいけ

ど さ」

窘《たしな》められて、口に手を当てた梨々子に彼は苦笑する。

「あの専務が目立つのは敵の攻撃を避けるためじゃないのか。ギンリンの専務なんて周囲が敵だらけだろ」

「目立つとかえって狙われやすいじゃないですか」

「いや、反根、ヤドクガエルだよ」

「ヤドクガエル……」

梨々子は敵にたいする警告色と言われる、とりどりの派手な色をした猛毒のカエルを思い浮かべた。

「そうだ。中途半端な目立ち方だと嫉妬で足を引っ張られる。だが突き抜けて目立ってしまえば、誰もが怖がってひれ伏す。ヤドクガエル戦法だ」

「戦法って……でも、なるほどですね。あれだけ目立てば逆に一目置かれるかもしれませんね」

こちらを気にしていないのをいいことに観察を続ける梨々子の視線を感じたのか、虎之進がふっとこちらを見た。

（あ——やばい）

かち合った視線に梨々子が慌てて顔を逸らそうとしたとき、虎之進の目が不思議そうに細められた。

（え？　何？）

何かを考えるように細められた目に梨々子は驚く。

「おい、反根。いつまで見てるんだ。平社員が無遠慮だって怒られるぞ」

「あ、――は、はい」

睨まれなかったことが意外な気がする。

（そうそう好戦的でもないのかな……？）

だが虎之進の視線を解読する前に梨々子は顔を逸らして、背中を向けた。

（……ヤドクガエルかあ……興味あるなあ、あの人……）

ギンリンの専務がヤドクガエルであってもなくても、もう明日からの自分には関係がないのを残念に思いながら梨々子は寺をあとにした。

＊　＊　＊

「本当に、良かったわね、梨々子。これから、いい運が向いてくるわよ」

手を打たんばかりに洗剤部門への異動を喜び、朝から赤飯を出しそうな母に引き替え、いよいよ新部署へ出社する梨々子自身はどんよりとしている。

洗剤だって大切だ。

ある意味蚊のケア用品よりも洗剤業界のほうが熾烈な競争を繰り広げていて、花形部門かもしれない。

だが梨々子はずっと蚊一筋で、まだまだ駆け出しで、この先も蚊に人生を捧げるつもりだった。

(もっと蚊を極めたいのに……洗濯の時間を蚊に使いたい……)

哀しい気持ちで新しい部署に出勤した梨々子は就業中にも関わらずふっと上の空になった。

無言の梨々子に気を遣ったのか、新しく仲間になったスタッフが声をかける。

「反根さんも意見があったら遠慮せずに言ってね。いろんな意見が聞きたいから」

柔軟でオープンな社風がモットーのＴＡＫＡＴＯでは、新人だからといって特別扱いされたり、閉め出されたりすることはない。

万が一そんなことがあれば、すぐに総務の「ハラスメント対策室」が乗り出してくる。

梨々子も自分の異動がパワハラではないかと訴えたかったが、異動に関しては入社時の規定もあるし、それはまた別問題だろう。

いずれにしても、風通しがいい反面、やる気のないスタッフは淘汰されてしまうということだ。

梨々子は慌てて、遠ざかろうとする意識を呼び戻して、話し合いに神経を集中する。

「汚れは家庭によって違うじゃない？　どこに焦点を当てるかってことよね」

「そうそう。たとえば野球やサッカーをやっている子どもがいるような家だと、極端な話、多少生地は傷んでも汚れががっつり落ちたほうがいいみたいな感じかなあ。うちのかみさんなんて、ユニフォームの泥汚れは洗濯板でごりごり洗ってからじゃないと落ちないってぼやいてる」

育ち盛りの息子を持つ男性スタッフの意見にみんなが頷く。

「でも女子会に行くと、やっぱり柔らかい洗い上がりで、香りがいい液体洗剤が人気ですよ。特に下着なんかは値段が高いから、肌触り優先で布を傷めずに洗いあげるタイプがいいです」

入社二年目の未婚のスタッフ、笹本が意見を出すと、年嵩の女性スタッフが頷く。

「じゃあ、若い女性専用の洗剤なんて受けそうじゃない？　ちょっと高くてもおしゃれに目がない女性はその辺りの出資は惜しまないいんじゃないかしら。ボトルのデザインも高級感を出すといいかもしれない」

「でもそういう差別化はハラスメントって言われそうでペンディングだなあ。加齢臭専用っていうのはありでも、若い女性専用なんて言うと、案外女性側から文句が出そうだ。年齢で差別するのかってさ」

男性スタッフが苦笑いをする。

「でも実のところ、年齢によって汚れの質は違うし、男性と女性じゃ違うしね。使い分けている場合も多いと思うのよね、反根さんはどう？」

いきなり話を振られて、梨々子はしゃっくりが出そうなほどびっくりした。

「そ、そうですね。家は両親と二十代の娘ふたりですが、洗剤は、ええと、たぶん一種類です。あ、母が選ぶんですけれど」

梨々子は洗濯機の横の洗剤置き場を思い出しながら言う。

研究に夢中になると他のことは何もしない梨々子は、家事能力が極度に低い。たまに手伝うことはあるが、洗濯をしても掃除をしてももたもたとする梨々子に業を煮やし、母が先回りをしてなんでもやってしまうので、梨々子の何もできなさには拍車がかかっている。

下手をすると週末に自分で洗おうとして溜めていた下着まで母が洗ってしまうことがあり、こんなときに積極的に意見を述べることができない。

（冷や汗が出る……）

異動前には味わったことのない緊張感で口元まで強ばるが、話はどんどん進んでいく。

「一種類って、何を中心に洗剤を選んでるの？」

「な、何？」

「反根さんのご家庭では、誰の、どんな汚れを中心に考えてるのかってこと。父親のワイシャツ汚れか、二十代の娘たちの汚れか、それとも料理をする人のエプロンなんかの油っぽい汚れが一番気になる、とかあるけど、どんな感じ？」

「あ……そ、そうですね……」

考える振りをする梨々子の全身から脂汗が吹き出る。

（男の汚れと女の汚れってそんなに違うの？）

まずそれがわからない。

内心であたふたとしていると若い笹本が割り込んできた。

「電車でときどき、ワイシャツの首の汚れが取れていないおじさんがいますよね。あれってすごく気になります」

「そうねえ……男と女って汗の質も違うしね」

既婚のスタッフが穏やかに頷く。

「そうなんですよね。彼氏なんてまだ二十代なのに、肌がべたつくって感じですよ。おじさんじゃないけど、朝起きたときに、未来の加齢臭を予感させる臭いがします」

「若い娘はきついなあ」

家庭持ちの男性が哀しい顔をするのに、梨々子以外のスタッフが笑う。

（え？　え？　朝⁇　え？　え？）

つまり彼女は堂々と身体で感じたことを主張し、スタッフもそれを受け入れているのだ。

蚊のケア用品のスタッフには必要のない経験だったし、今まで梨々子もその手の経験の有無を気にしたことがなかった。

「反根さんの彼氏はどんな感じですか？」

あっけらかんと尋ねてきた笹本に梨々子は引きつった笑みを返すのが精一杯だ。

「ど、どうかな？　嗅いだことないし」

「やだ。未経験みたいなこと言わないでくださいよー。必要な情報ですから」

「あ、あ、そ、そうね」

予測もしなかった会話の流れについて行けずにしどろもどろになった梨々子を、男性スタッフが「反根さんは初心《うぶ》だねえ」と、悪気なくからかった。

冗談だとわかっている周囲が弾けるように笑った。

(私、この先、やっていけるんだろうか)

まさか男性経験のないことが仕事の妨げになるとは思わなかった。

(これはセクハラではないのか？　でも笹本さんは平然としていたよね。もしかして二十七歳でバージンってまずかったのか……キスもしたことないって、この年であり得ないのかな？　蚊にはあっちこっち刺されているけれどそれじゃ駄目だったんだ……)

母が心配していたのは、結婚うんぬんよりも、もしかしたら梨々子がひとりの大人の女性として成長していないことだったのだろうか。

肉体的な成熟度が精神の成熟度と一致するとは限らないが、バランス良く成長するほうが何かと都合がいいのかもしれない。

やはり椰々美のように綺麗に装って、いろいろ経験することが必要だったのかもしれない。

(椰々美の経験を聞けばいいのかな？　いや、それはいくら双子でも失礼過ぎる。ボウフラと違って男性は水たまりから捕獲してくるわけにもいかないし……ああ、もう……いろいろ面倒くさい。蚊の飼育みたいにひとりでどうこうできる問題じゃないよ)

誰にも相談できない、ばかばかしくも重大な悩みを抱えて、梨々子はとぼとぼと帰宅した。

（それにしても男性の匂いって汗ってこと？　……って、おとうさんはまだ加齢臭がしない……してるのかな？　ワイシャツの襟首の汚れって何？）

自分の下着でさえ満足に洗っていない梨々子は、父の汚れ物などしみじみ見たことがない。

（高校のとき、男子ばっかりの教室って汗臭かったけど……あんな感じ？　大学の研究室は薬品の臭いが強かったけど……匂いなんてあんまり気にしなかった）

いったい成人男性というのはどんな匂いで、起き抜けはどんなふうに変わるのだろうか。

（知りたい！）

わからないことがあれば、なんとしても追究したくなる。

「ああ、誰か私と一緒に朝まで寝てくれないかな」

このときはもう家の近くの路地にいて、辺りに誰もいなかったのは、梨々子にとって幸運だった。

思わず声に出してしまった言葉がとんでもない意味を持っていることに、梨々子はまったく気がつかない。何かを夢中で考えると、周囲の思惑や視線など気にならなくなってしまうのはいつものことだ。

あるのは、ただ自分の知りたいことをどんなことをしても知りたいという、わがままなくらいの欲求だけだった。

「とりあえず、おとうさんのシャツを検分しよう」

そう決めて玄関の扉を開けた梨々子に向かって、弾丸のように男性が飛び出してきた。

「おかえりなさい！　待っていたんですよ、梨々子さん！」

「ひ、東浜さん……」

あまりものに動じない梨々子だが、飛びかからんばかりに出迎えた巨体に驚いて後ずさる。

「どうしたの？」

引退したとはいえ、柔道の猛者だった東浜は百八十cmの隆々とした体格だ。紺色のスーツがはち切れそうな胸板の身体で迫ってこられては、さしもの梨々子も一瞬恐怖を感じて、声が裏返った。

「どうしたもこうしたもありません。早くあがってください！」

手を取った東浜に引きずられて、梨々子は「ただいま」の挨拶をする前に梛々美の部屋に連れて行かれた。

「梛々美――」

次の言葉はベッドに腰を下ろしている梛々美の様子で飲み込んだ。

ぐるぐると包帯の巻かれた右腕だけでもぎょっとするのに、泣きはらしたらしく大きな目は真っ赤だ。

「どうしたの……？」

梨々子は絨毯に膝をついて妹を見あげた。

「骨折したんですよ！　階段から落ちてね。右手をぽっきり」

「え？」

事態がよく摑めなくて梛々美を見あげると、泣き過ぎて顔を腫らした梛々美が頷く。

「痛い？　大丈夫？」

ギプスを当てているらしい腕にそっと触れると、梛々美が首を横に振る。

「……大丈夫……」

「大丈夫じゃないんですよ！」

東浜が身を乗り出して、言葉を被せた。

今でも筋力トレーニングをかかさない、腹筋が鍛えられている東浜の声は太く迫力があり、梨々子はたじろぐ。

「そ、そりゃあ……多少時間はかかるけど、治るんだし……前向きに……」

「前向きになる時間がないんですよ！」

東浜がぐいっと梨々子の顔に自分の顔を近づける。

梛々美のマネージャーになって足かけ七年、こんなふうに取り乱したところを見たのは初めてだ。

「時間がないって……とにかく、落ち着いて……ね？」

顔を仰け反らせて梨々子は東浜に訴える。

「これが落ち着けますか？　腕が折れちゃったんですよ。CM撮りが一週間後だっていうのにっ！」

顔を真っ赤にしてまくし立てる東浜の目にうっすらと涙が浮かんでいるのに気がついて、梨々子はようやくことの重大さに気がついた。

「あ……そうか。ギンリンのCM……」

自分のことだけで頭がいっぱいで、梛々美の仕事のことなどとうに忘れていた。

「でも怪我なんだから、予定を延ばしてもらえばいいじゃない？」

ごく一般的な意見だと思ったが、東浜の怒りのボルテージが上がった。

「何を馬鹿なことを言ってるんですか！　虫除け商品のCMですよ。今しか必要ないでしょ？　蚊が専門の梨々子さんに言うのも口幅《くちはば》ったいですが、蚊は夏にしかいません！」

「そ、そうだよね……普通はね」

越冬する蚊もいるけれど、今それを言ったら東浜に締め落とされそうだ。

「……でもダンスとか踊るわけじゃないんでしょ？　商品を持ってにっこりするとかそういうのだったら、なんとかしてくれるんじゃないのかな？」

控えめに提案すると、黙り込んでいた梛々美が「駄目よ」と、首を横に振った。

「私は顔で商品を売れるようなタレントじゃない。ある意味商品に売ってもらわなければいけない立場なの。どんな要求にも答える準備をしておかなくちゃどうにもならない立場なの……こんなときに骨折なんてしたら、降ろされるに決まってるわ」

それだけを言って顔を覆った椰々美を見ながら東浜も暗い顔で頷く。

「……この仕事が怪我なんていう、いかにも自己管理のできてない理由で駄目になれば、当分仕事は回ってきません」

「階段から落ちる事故っていうのは、案外多いって言うよ。家庭内でもお風呂で溺れるのと階段を踏み外すのは一、二を争うって……」

「事故なんかじゃない、私は突き落とされたのよ、中原《なかはら》マリンに！」

いきなりまた顔をあげて、椰々美は声を振り絞った。

「突き落とされたって、どういうこと？」

普段はほんわりとしてあまり感情を出さない椰々美が名指しで他人を責めたことに驚く。

「階段の踊り場にいるとき、背中を押されたの。一瞬だったけど、オーディションのときにもしていた銀のバングルが見えた。事務所の社長のプレゼントで特別に作ったんだって自慢していたし、すごく珍しい彫り物だったから間違いないはずよ。第一、彼女以外に私を突き落とそうなんて人は考えられないもの」

ショービジネスを描いたハリウッド映画ではそんな場面を見たことがあるが、実際にそんな物騒なことをする人がいるのだろうか。

「どうして、その中原マリンって人が椰々美にそんなことをする必要があるの？　それが本当だとしたら犯罪だよ？」

「それぐらいギンリンのＣＭは大きな仕事だってことなのよ」

そう言ってまたすすり泣く椰々美に代わって東浜が説明を補う。

「梨々子さんはご存じないかもしれませんが、中原マリンっていうのは現役女子大生で、今人気急上昇のモデルなんです。すごく今風の女の子なんですが、今回、ギンリンＣＭのオーディションの最終選考で、椰々美さんと争ったんです」

「ああ、そうなんだ」

芸能情報にうとい梨々子は、その彼女の名前も顔も知らないが、今風というキーワードから適当に想像してみた。

（イエカっていうよりユスリカって感じかもね。あっちこっちにわっさりいて、うざいタイプ）

「じゃあ腹いせってこと？」

ユスリカにしては気が強いと思いながら聞くと東浜が「違います」ときっぱりと言い切る。

「椰々美さんがＣＭに出られなければ、彼女は自分にお鉢が回ってくると考えているんだと思います」

東浜は穏やかな顔に信じられない怒気を浮かべた。

「そんな簡単なもんなの？」

「本来は違いますが……今回はそれも充分に考えられるんです」

東浜は悔しげに唇を噛む。

「最終選考では、ディレクターを始めたったひとりを覗いて、審査員全員が中原マリンを推しました。だから椰々美さんが駄目になればすぐに彼女が候補にあがるのは目に見えているんです。彼女もそれを承知でやったんだと思いますけど」

顔を覆っていた椰々美が顔をあげて、腫れた目で梨々子を見つめて、うっすらと微笑んだ。

「二十七歳の知名度のない私が、上り坂の二十二歳の子を押さえて、オーディションに受かったのは奇跡みたいなもので、梨々子のお陰なのよ」

「あたしの？」

泣きはらした顔で椰々美は頷く。

「たったひとり、私を推してくれたのが、ギンリンの専務さんだったの」

「専務ってもしかして、銀林虎之進？」

「そうよ。梨々子が教えてくれた人よ。その専務さんが私を推してくれたの。蚊の駆除に力を注ぐギンリンの熱意と存在意義をよく理解してくれているから、私がいいって言ってくれたって聞いたわ。梨々子に教えてもらったことがほんとに役に立った」

「スポンサーが気に入った人が最優先ですからね」

東浜がだめ押しをして胸を張った。

「……なのに……こんなことになって……本当に、悔しい」

椰々美の涙は哀しいのではなく、悔しさの表れらしい。

仕事が上手くいかない辛さやもどかしさは、梨々子にも理解できる。

帰ってきたそうそう持ち上がっていた事件に頭の隅に追いやられていたものの、梨々子だって新しい仕事の壁にぶち当たり、焦りの真っ最中だ。

「ねえ、椰々美。その専務さんに直接話してみたらどうかな？　もしかしたら便宜を図ってくれるかも……」

（あの人……ちょびっといい人っぽい感じもあったし……）

そう思いながら梨々子は提案した。

「駄目です！」

梨々子が答える前に東浜が大声をあげた。

「ギンリンの専務以外は椰々美さんに賛成していないんですから、そんな裏から手を回すようなことをすれば、反感を買うだけです！　この仕事は大切ですが、これだけが仕事じゃないんです」

東浜は乗り出すようにして梨々子に食ってかかった。

（じゃあ、諦めるしかないじゃない）

あまりの剣幕に言葉にはできなかったが、梨々子は内心でそう抗った。

「諦めるなんてできません」

梨々子の内心の声が聞こえたように東浜は言い切る。

「……でもね……無理じゃない」

「いいえ、無理じゃないんです」

東浜は視線を鋭くした。

普段柔和な顔が別人のような迫力を醸し出し、彼が柔道の元日本代表にまでなった強者だったことを思い出させた。

「梨々子さんが梛々美さんになってくれればいいんです」

「……は？」

日本語だけれど理解不能。

梨々子は東浜を見てから、梛々美に視線を向けた。

「どういうこと？」

「梨々子に私の代わりをしてほしいの」

梛々美がベッドを下りて梨々子と目線を合わせる。

「CM撮影は一日で終わる。一日だけ吉川美波になってくれればいいから」

真剣な眼差しには冗談の欠片もないが、本気ならば、あまりの出来事に梛々美の精神が一時的におかしくなったとしか思えない。

だがぐいっと膝を進めてきた東浜がそれを後押しする。

「お願いします、梨々子さん。梛々美さんのチャンスを潰さないでください」

「いや、ちょっと待ってよ、ふたりとも」

梨々子は座ったまま後ずさりをして、ふたりの視線から逃れようとした。

「チャンスなのはわかるけど、他人がなりすましたって上手くいくわけないでしょう。何むちゃくちゃなこと言ってるのよ」

「むちゃくちゃじゃありません。椰々美さんとこれしかないと、決めたんです」

ぐいぐいと東浜が迫ってくる。

「だって、あたしと椰々美は全然似てないんだよ。一目でわかるに決まってる」

「そっくりですよ。梨々子さんが気がついてないだけです」

断言する東浜に椰々美も追随する。

「一卵性の双子なんだもの、もともとは同じなのよ。梨々子はそう思ってないかもしれないけれど、骨格も顔立ちもそっくりなの。髪をちょっと染めて、メイクを変えれば誰も気がつかないわ」

「そうです。あと話し方を少し丁寧にしてもらえれば、完璧です」

それは大きなお世話だと言いたくなることを東浜は鬼気迫る表情で告げてくる。

「……無理、無理だって」

話の通じない人間に不条理に追い詰められていく気持ちで梨々子は必死に抵抗する。

「少し冷静になりなよ、ふたりとも。たとえばそっくりだとしても、あたしはタレントじゃない、一般人だよ。カメラの前でにっこりしたり、演技したりできるわけないじゃない。それはかえって椰々美のタレントの価値を落とすってことだよ」

「それは考えたわ」

「そうです、熟考しました」

間髪を容れずに言う梛々美を、タイミング良く東浜も補完する。

「でも、学芸会のとき私が脇役でも梨々子は主役で目立っていたじゃない。運動会のかけっこでもいつも一番で、運動神経も良かったわ。そういう人はＣＭみたいなインパクトのある映像に向いているのよ」

梛々美がどこにそんな根拠があるのかと思うぐらい自信ありげに請け合う。

「学芸会なんて演技じゃないし、単に子どものわりに台詞を覚えるのが早いから選ばれたんだよ。あたし、記憶力だけは良かったから」

「それはタレントの大事な資質です。運動神経がいいことも重要なファクターです」

断言する東浜に梨々子は困惑した。

「いや、男の子と一緒に虫を追いかけていたから足腰丈夫なだけで……だいたい、あたしはタレントになるつもりはさらさらないし……」

「梨々子のつもりなんて、今は関係ないの」

理不尽な要求をしているのに、梛々美は決然とした調子で梨々子の言葉を遮った。

「私は、卑怯な罠にはまってすごすご逃げ出すなんてどうしても嫌。正々堂々と最後まで戦いたいの」

偽者を立てるのは正々堂々とは違うと思うが、視線が据わった梛々美に何も言えない。

「あと一週間あるわ。その間私が梨々子を完璧に仕立ててあげる。外見はもちろん、仕草も笑い方も全部。それで駄目だったら、そのときは諦めるわ」

「僕も全力でバックアップしますから」

床に手をついたまま東浜もすごい目力と気迫で押してくる。

「で、でもね、やっぱり――」

「梨々子、いつかの恩を、今返してちょうだい！」

無事だったほうの手で、椰々美は梨々子の手を強く握った。

「約束よ」

梨々子の手に、古びたカエルのキーホルダーが渡された。

4　着ぐるみは♂か♀か

綺麗になるということには努力がいる。

「あたし、今まで美人って何もしなくても美人なんだと思ってた」

顔中に漂白パックを塗られたまま、梨々子はもごもごと言った。指示したのは梛々美だが、ギプスで手の自由の利かない彼女に代わってパック剤を塗ったのは東浜だ。

「絶対音感みたいに、絶対美人もいるけど、ほとんどは努力の成果なのよ。だから自分が普通だって思っている人でも、努力すれば美人になれるのよ」

梛々美は自信ありげに言う。

「たとえそうだとしても、その努力が面倒なんだよ」

白いお面をつけた顔で梨々子は我ながらうんざりした声が出る。滅多にしないコンタクトレンズを入れているのも気が滅入る。

――梨々子、いつかの恩を、今返してちょうだい！

生まれてからずっと一緒にいるけれど、あんな殺気に満ちた声は、初めて聞いた。

癒やし系というのだろうか、普段の梛々美はほんわかした雰囲気だけに、正直ものすごく怖かった。

（そういえば、モデルになるのを反対されたときも、強硬な態度で押し切ったっけ）

やりたいことはどうしてもやる——やっぱり自分と梛々美は双子だけあって、よく似ているのかもしれないと改めて思う。

「パックが乾くまで、爪の手入れをするわ。時間の節約になるものね。ほんとはサロンに行けばいいんだけど、今は梨々子の顔をあちこちに見せられないから、自力でやるしかないわね」

どんな理由にせよ、代役をやると決めた以上、できる限りのことはしなくてはならない。

隣に控える東浜に梨々子はおとなしく手を差し出した。

「すみません、東浜さん」

黙々と梛々美の指示どおりに爪の手入れを始める東浜に梨々子は頭を下げた。

「いいえ、今は三位一体で目的を達成することが肝要ですから」

きっぱりと東浜は言い切る。

「はぁ……そうですか……」

（さすが元日本代表、言うことが体育会系の香りだ……あ、匂いって言えば、男性の匂いってどんな感じなんだろう）

手を東浜に預けたまま、梨々子は自分のもっぱらの問題に意識を飛ばすが、梛々美の声で我に返った。

「随分短く切っているのね。梨々子」

東浜がささくれた指先の皮を専用のニッパーで慎重に切るのを眺めながら、梛々美は眉をひそめる。

「だって、爪の間に薬品が入ると洗うのが大変なんだよ」

「なるほど、じゃあ、無理もないわね」

東浜は黙って短い爪をせっせと磨く。男性とは思えないほど手慣れている。

「東浜さんて器用なんだね、いつも梛々美のをやってるの？」

「まさか。でも僕は柔道をやっていたときにやすりで爪の手入れをしていたので、ある程度は慣れてます」

「柔道やる人って爪を磨く必要があるの？」

「人それぞれですけど、僕の場合は柔道着にひっかかったり、練習相手をけがさせるのが嫌で、爪はやすりで削ってました。爪切りで切ると割れやすくなりますし。見た目はこうですけど、アスリートは細かいことに神経を使うタイプが多いんです。身体の手入れにはみんな時間をかけています」

「へぇ、デリケートなもんなんだ。あたしとは全然違う」

「ええ。それより、梨々子さん。あたしじゃなくて、私です。それにもう少し丁寧にゆっくりとしゃべってください。梛々美さんのプロモーションビデオを見せましたよね？　できるだけマネしてください」

「あ、うん……ええ、わかりました」

繰り返し見せられた梛々美のビデオの口調をマネして、梨々子はしおらしい返事をする。

「……ねえ梛々美、爪が短いとCMのときまずい……かしら？」

「大丈夫。商品を持った場合の手のアップは手タレさんがやるはずだから」

「てたれ？」

「手専門のタレントさん。とっても綺麗な手なんだけど、それを保つのがほんと大変よ。私の知っている手タレさんはいつも手袋を嵌めてるし、洋服も頭から被るタイプのものが多いって言ってたわ。ファスナーとかボタンとかで爪を傷つけたくないんだって」

聞けば聞くほど怖ろしい。そんなストイックな努力をしている人がうじゃうじゃいる業界に代理で乗り込むなんて、無謀にもほどがあった。

だが今更引き返すわけにはいかない。

生まれて初めて髪をカラーリングして〝ゆるふわ〟とやらになるようにパーマをかけた。

（会社へ行くときは、ぎちぎちにしばってお団子に纏めて、みんなにばれないようにしなくちゃ……）

覚悟して変身を受け入れる梨々子の内心を忖度する間もなく、東浜と梛々美は更に梨々子に指令を出す。画面に映るときに綺麗なようにと手足のむだ毛も処理した。もちろんむだ毛処理は東浜ではなく、梛々美の指示どおりに梨々子が自分でやった。

いまどき多少の粗はCGでなんとでもできるのではないかと聞くと、「商品としての自分に責任があるかどうかの問題」とびしっと言われた。

　頭の中は洗濯物のことで一杯だけれど、一分一秒でも無駄にできない今は、とりあえず椰々美に従うしかない。

　たとえ代理であれ、引き受けたなら自分の仕事だ。

「パックが終わったら、笑顔の練習する……します」

　自分からそう申し出て、梨々子は挫《くじ》けそうな己を叱咤《しった》した。

「ほら、梨々子。パックが乾くまでこれを読むといいわ」

　女性誌を差し出されて梨々子は首を横に振る。

「そういうのは興味ないなあ。虫とか出てないし」

「虫じゃないけど、ギンリンの専務さんが出てるわよ。ほら、ここ」

「へぇ……こういう雑誌にも顔を出すんだ……まめな人だね」

　そう言いながら椰々美が開いてくれたページに目を落とした。

「実際は写真より二割増し、ハンサムだったわよ。梨々子は本物を見たことがないの？」

「まあ、あるっちゃあるけど……どうだろう？」

　供養祭で見たとき、自分もそう思ったことをなんとなく言いそびれて、梨々子は記事に目を通す。

　業界誌ではない、一般女性向けなので記事の内容は、梨々子にとって目新しいものではない。

（まあ、宣伝の一環だよね。ＴＡＫＡＴＯもやればいいのに……って、見た目で……かなり負けるかも。逆効果ってこともあるかあ）

自社の専務たちを思い出した梨々子は内心で納得しつつ、読み進める。

（ギンリンの商品は安全性を考慮し……って、ＴＡＫＡＴＯだってそうだよ。何もギンリンだけの専売特許じゃないよ）

突っ込みを入れつつ読んでいた梨々子は、はたと目を留めた。

――私どもの商売の種ですから、害虫の絶滅は困りますね（笑）。というのは冗談で、どんな生物も生態系の一環を担っていると思うんです。その輪が人為的な行為で途切れるのは、人類にとって望ましいことではないと、考えます――。

あの虎之進がこんなソフトな話し方をするとは思えないのでかなり脚色してあるだろうが、内容は嘘ではないだろう。

（結構いいこと言うじゃない？）

梨々子は身を入れて読み進める。

――私は学者ではないので証左を示すことはできませんが。連綿とした生命の営みを、人が勝手に切るのは傲慢な行為だと己を諫めつつ、仕事をしております。

「……格好いい……意外によく考えてるみたい」

「見た目も格好いい人だったわよ。ほんとに」

つい口から出た呟きに椰々美が反応した。

「撮影のときに会えるかもね」

「それは遠慮したいわ……。一応業界繋がりだし……身代わりで会うのはちょっとね」

平社員で、しかも虫ケア用品の部署から異動した自分が何かの拍子にでも仕事上で虎之進に会うことはないだろう。それでも代役中に会うのは気詰まりだ。

けれど供養際での一瞬の出来事を思い出した梨々子は、少しだけ彼を間近に見てみたいとも思った。


本番当日の梨々子の出で立ちは、クリーム色のブラウスに、モスグリーンのフレアースカート。同じくクリーム色の形のいいシンプルなパンプスで足もとを決め、小さなルビーがついた細い金鎖のネックレスで首回りを装う。

髪の毛も化粧も梛々美が腕によりをかけて仕上げた。

鏡を見た梨々子はあまりの変貌振りに一瞬混乱した。

（似てる……梛々美にそっくり、ってか、梛々美だよ）

迎えにきた東浜と、梨々子の傍らにいた梛々美が満足そうに視線を交わしていた。

たぶん大丈夫なのだろうと思うが、どうしても言葉で確認しなければ不安に押しつぶされそうだ。

「……あた、私、大丈夫かしら？」

東浜が運転する車の後部座席でピンと背筋を伸ばした梨々子は、尋ねる声が緊張で裏返る。

「大丈夫です。とても綺麗です。よくできています。ちゃんと吉川美波に見えます」

「そ、そうですか……どうもありがとうございます」

ぺこっと頭を下げたが、東浜はにこりともしないで、梨々子に釘を刺す。

「お互い礼を言い合うのは、無事に仕事が終わってからにしましょう。これからが正念場です」

梨々子に向けている背中から戦いに向かう男の殺気が溢れてきて、気圧された梨々子はごくんと唾を飲み込んだ。

ライバルの奸計《かんけい》にはまって仕事を失いかけている椰々美の代理になることを承知してから、怒濤の一週間を過ごし、とうとうこの日が来た。

(とにかく今日をやりきれば、こんなことからは解放されるんだ。仕事に集中できる)

今日一日の休暇を申請した梨々子に、スタッフが驚いた。

——反根さんでも休むような用事があるんだ。入社以来、一度も休んだことがないって有名だったけど。

——もしかしたら……新しい部署に馴染めなくて、疲れたのかも。

——ああ、反根さんて年齢のわりに世間ずれしていないから、蚊の部署のほうがあってたかもしれないねえ……。

——そうだな。悪い子じゃないけれど、男と女の生理的な違いもよくわからないみたいだし……蚊オタクっていうのかな、ああいうの。

——私は彼氏ができたんだと思います。最近お肌の手入れをしているみたいでぐっと色白になりましたし、髪型は素っ気ないですが、カラーはきれいめブラウンにしてますからね。

——それはないな。薬品でもかけて色が薄くなったんじゃないか？

さすがに若い笹本の眼光は鋭く、梨々子はどきりとしたが、それに同調する人はいなかったのは幸いだった。正解と不正解が交じり合った噂を梨々子は曖昧な笑顔でやり過ごすことしかできない。

（もう、この代役が終わったら、絶対朝まで一緒にいてくれる男の人を探して、男性の汚れを極める。蚊オタクなんていわせない。今とにかくこれが終わればいいんだ）

梨々子はそう自分に言い聞かせて、こみ上げる震えを押さえた。

「美波さん、渡したスタッフの顔写真は覚えましたか？」

「はい。たぶん……」

蚊の区別ならすぐつくけれど、会ったこともない他人の顔なんて、写真だけでわかる自信がない。表情がつくと別人に見える場合がある。

「とりあえず僕がそばでフォローしますから、美波さんは『吉川美波』として堂々としていてください。そうすれば多少のずれは誰も気づかないはずです。では、思い切り深呼吸してください」

迷いのない東浜の命令に梨々子は素直に従い、大きく深呼吸をした。

「行きましょう。真剣勝負の始まりです」

いかにも元柔道家らしい一言を言い、東浜は車を撮影所の駐車場へと入れた。


白のタンクトップに、デニムのショートパンツ。足もとは麻の涼しげなエスパドリーユで、おしゃれな日常感を醸し出す。

髪の毛は無造作に見える、手の込んだ編み込みのセミアップで、メイクは三色のファンデーションとパウダー、ハイライトを駆使した超絶技法によるナチュラルメイク。

撮影用の衣装を着てメイクを施した梨々子は、蚊オタクの素人には到底見えない。

プロの技術が梨々子を芸能人に仕立て上げた。

(すごい……今風ユスリカになったよ)

だが悠長に驚いている暇もなく、東浜に促されて梨々子は自分の準備を待っていたスタッフたちの前に出た。

「お、可愛い」

「いいね、脚が綺麗だな」

「メイクも感じがいいわね。肌が綺麗だから映えるわ」

世辞を言いなれている人たちなのだろう。

梨々子が今までの人生で聞いたこともない数の褒め言葉が降り注ぐ。

（……いや、これは、きっとあたしたちがしょっちゅう言ってる冗談みたいなものなんだ。ヒトスジシマカの背中はきりりとしているとか、アカイエカのお尻はプリンとして、ナイスバディだとか、そういうのと同じなんだから、大げさに考えちゃいけない）

浴びたことのない賞賛と視線に背中がぞわぞわするのを、梨々子は必死に宥めて、強ばる表情を見せまいと少し俯く。

「おっ、いいねぇ。ぐっと若く見えるよ、美波くん」

だが担当ディレクターのセクハラ風味の軽口にはなんとかつっかえながらも反応する。

「あ、ありがとうございます。頑張ります」

とにかく現場に入ったら、何を言われても礼を言って、「頑張ります」で通すようにと言った東浜の教えどおりに、梨々子は慌てて頭を下げた。

（どう見えようがかまわないから、早く終わってほしい）

「あ……」

影のように寄り添っていた東浜が耳元であげた声に梨々子は振り向く。

「前を向いたままで。ギンリンの専務がいらっしゃいました。前も言いましたがオーディションでお会いしていますので」

東浜の視線を追いながら顔を戻した梨々子の視界に目立つ男性が飛び込んできた。

(げっ！　本当に来たよ。ギンリン専務銀林虎之進……どうしよう)

もし梨々子が一度も見たことがなくても、東浜の説明がなくても、その男が特別な人間だというのはわかっただろう。

(供養祭のときよりいっそう目立つ。羽化した蝶っていうか、カエルになったオタマジャクシっていうか……)

供養祭の地味な礼服とは打って変わった、高級そうなスーツを完璧に着こなし、周囲への遠慮をまったく感じさせない立ち姿は、タレントとは違う威圧感のあるオーラを放っていた。

(すごい雰囲気が濃い……やっぱり先輩の言うとおり、ヤドクガエル仕様だったのか)

日本人離れした凹凸のくっきりした顔立ちも、視線の鋭さも、垢抜けた雰囲気もまるで外国映画の男優のようだった。

「挨拶、挨拶」

まなざしに込められた虎之進の気迫に射すくめられて身動きもできない梨々子に、東浜が囁く。

「あ……」

瞬きもせずに視線を合わせている虎之進に梨々子は急いで頭を下げた。

深く頭を下げた視界の中に、ぴかぴかの靴が近づいてきて、梨々子は頭をあげた。

「今日はよろしく、吉川美波さん」

滑らかなアルトだが弛みのない口調に、彼の社会的地位の高さが感じられた。

「は、はい。あ、ありがとうございます。が、頑張ります」

ばれるとは思わないが、さすがに代理の立場でギンリンの専務と真正面から向き合うのは怖い。

しかも関係者の中でたったひとり、「吉川美波」を選んだということは、きっと梛々美の容姿や雰囲気も厳しくチェックしたということだろう。

（あたしは供養祭で数秒目が合っただけだし、梛々美だってオーディションで一度会ったきりなんだから、ばれるわけがない。今日のあたしは自分でもわかんないくらいの変身振りだから）

そう思いつつも眼光の鋭さが怖くて、梨々子は彼の視線を避けて下を向く。

「随分、オーディションのときと雰囲気が違いますね、吉川さん」

ぎくっとして顔をあげると、虎之進が刺すような目で梨々子を見つめている。

「垢抜けない」

「は？」

いきなり耳を疑うようなことを言われて梨々子は瞬間的に呼吸を忘れる。

背後の東浜も、ぐっと息がつまったような奇妙な音を立てた。

「うーん……」

硬直している梨々子と取りなすこともできない東浜にかまわず、顎に手をあてて唸った虎之進は「ちょっと失礼」と言うなり、梨々子の顎に手をかけた。

「ひぇ――」

思わず素に戻って声をあげた梨々子の顎を、指でぐいっと持ち上げた虎之進が顔を近づける。

「え――ぁ、あの……？」

（なに？　これ？　もうばれた？）

頭の中だけでパニックになる梨々子を虎之進は検分するように眺めた。

（視線が痛い――東浜さん、助けてよ）

ありもしない念力で梨々子はＳＯＳを飛ばそうとする。

「あの、なにか――不都合でも――」

なんとか気を取り直して話しかけた東浜を遮るように虎之進は「確かにご本人のようですが」と、唇を歪めた。

「オーディションのときはもっと都会的な感じでしたが、今見るとかなりもっさりしていたんですね」

そう言ってやっと梨々子を解放した虎之進に、東浜はあ然とするばかりで、助けにならない。

梨々子は梨々子で、言い返せない怒りで頭が沸騰しかける。

女性に〝もっさり〟と平気で言うなんて、信じられない。

（やっぱりむちゃくちゃ失礼なヤツだった……少しでも格好がいいとか、いい人かもと思ったあたしは、やっぱり男を見る目がないんだ）

普通の知り合いなら今すぐ蹴飛ばして、その礼儀のなさを糺《ただ》したいが、相手がギンリンの専務ではそうはいかない。

深く息を吸い込んだ梨々子は頭を下げてやり過ごそうとした。

「失礼なことを言いました。ですが、吉川さんは弊社新商品の顔になるわけですから、些細なことが気になるんです」

スマートな仕草で虎之進は自分も軽く頭を下げた。

詫びたつもりなのかもしれないがいちいち嫌みだ。

だがどんなに似ていても自分は椰々美に似せただけのまがい物だ。椰々美がこれまで時間をかけて培ってきた綺麗な仕草とか物腰まではどうしようもない。

虎之進はそれを見抜いたのかもしれない。

大変に失礼な男だが、案外目は鋭い。

「……すみません」

他にどうしようもなく謝ると虎之進が小馬鹿にしたように笑った。

「謝る必要はありません。虫除けスプレーですから、それほど垢抜けた人である必要はありません。ですが――」

虎之進がぐっと眉を寄せて、難しい顔で梨々子を睨むように見据えた。

「あのときはもっと積極的で、我が社の商品をアピールしたいという気持ちが前面に出ていたんですけどね。受かったらやる気がなくなったということでしょうか?」

口調は静かだが凄みと皮肉が滲み、梨々子は思わず後ずさりかける。

「しっかりしてください」

小声で叱咤して背中をつつく東浜に、梨々子は辛うじて脚を踏ん張り体勢を整えた。

「……が、頑張ります。少し緊張しているだけです」

掠れ声で言うと、虎之進の唇が皮肉な笑みを浮かべた。

「随分気弱なタレントさんですね……それで大丈夫なんですか?」

「……大丈夫です」

「そうですか、期待していますよ、吉川さん。あなたを推したのは僕だけですので、僕の見る目がなかったということになりたくありませんから」

「頑張ります」

かちんときて、今度ははっきりと言えた。

(偉そうで遠慮のない男。むかつく。建前の発言に騙されて、ちょっとでもいい奴かもと思った自分を殴りたい。見た目も口調も毒だらけじゃないか!)

しかし不愉快ではあるが、彼が言っていることは間違ってはいない。

どんないい商品を開発しても、売れなければ廃品、製造中止になる。たくさんのスタッフが関わり、高額の資金を投入した商品がそんな憂き目を見ないように、会社はなんとしても売らなければならない。

ある意味「吉川美波」にはギンリンが生み出した新商品〈蚊ノンベール・スーパーファイン〉の未来と、社運がかかっているのだ。

（TAKATOのライバルとは言え、スタッフの苦労を思えば、売れないようになんてとても思えない。とにかく、頑張ろう）

梨々子は口角をあげて笑顔を作り、頭をあげて、スタッフ側に戻っていく虎之進を見送った。

「そう、その顔です。大丈夫ですよ。とてもいいです。絶対上手く行きます」

梨々子が必死に作った笑顔に、東浜がOKを出す。

その言葉に頷く梨々子に、ディレクターが声をかけた。

「うん、いいね。表情も良くなってきた――じゃあ、始めようかな。とりあえず、一度動いてみよう」

緊張から出もしない唾を飲み込んだ梨々子は、緑色の布を背にして指定されたカメラの前に立った。東浜が教えてくれたところによると、背景はあとから夏の青空を合成する予定らしい。

「動きはさっきの手順どおりにね。大げさなぐらいに動いていいから」

「はい、お願いします」

とりあえず頭を下げてから、深呼吸をして梨々子は両手を上に思い切り伸ばした。

まさかダンスをさせられたらどうしようとかと心臓がばくばくしていたが、動きはとても簡単だった。

梨々子が夏の青空を満喫していると、着ぐるみの蚊がやってきて、梨々子を刺そうとする。梨々子は「やだー、蚊は嫌い」と言って逃げ惑う。

そこに登場する〈蚊ノンベール・スーパーファイン〉を身体にスプレーすると、蚊が這々《ほうほう》の体で逃げていく――ありがとう〈蚊ノンベール・スーパーファイン〉と梨々子が万歳をする――という、どこかで見たことがあるような、レトロ感満載の設定だった。

（でも最近のおしゃれな宣伝はわかりにくいものもあるし、虫除けスプレーとしてはこういうほうがいいのかも……ＴＡＫＡＴＯの虫ケア用品ＣＭもそんな感じだし）

自社の宣伝と比べながら梨々子は着ぐるみの蚊の登場を待つ。

さっきのリハーサルのときは、頭に蚊を描いたサンバイザーをつけたスタッフが代役だったが、今度はちゃんとした着ぐるみが見られるはず。

（蚊ってぬいぐるみや着ぐるみになりにくいけど、どんなのが出てくるんだろう）

好奇心を疼かせながら梨々子は暗がりからこちらに向かってくる着ぐるみを見つめた。

両手を広げた蚊もどきがライトの光の中に現れたとき、梨々子は思わず動きを止めた。

（これが蚊？）

鮮やかな黄色の胴体に白い羽根に黒光りするタイツや腕の色はテレビ写りを考慮したものだろう。蚊にしては丸いシルエットも背後に尻尾のようにぶら下がった腹部の縞々も控えめだ。手に持っている槍は吸血する口吻《こうふん》の代わりだというのは一目瞭然だ。

いろいろと実体からはずれているが、あまりリアルを追求しては可愛らしさにかけるという配慮の元にデフォルメされたに違いない。

（それはわかる――でも）

近づいてくる着ぐるみの蚊から逃げるのを忘れて、梨々子はまじまじと見つめてしまう。

（あり得ない）

「ストップ、ストップ、ちょっと待って。美波くん、どうしたの？」

動きを止めてしまった梨々子にディレクターが声をかける。

「あ、あ……えっと、蚊が……」

梨々子は口ごもって、蚊の頭部を見つめた。

「何？　どうかした？」

スタッフ全員の注目を浴びて、梨々子は蚊の触覚を指さす。

「これ……もこもこですけど……」

着ぐるみの蚊の頭部には触覚があるが、枝分かれした羽毛がつけまつげのようにびっしりとついている。

「ああ、それね。可愛いでしょ？」

ディレクターはしてやったりという顔で言った。

「美波くんは知らないだろうけれど、蚊の触覚には、人の呼吸なんかを感知するセンサーの役割をする羽毛があるんだ。つけまつげみたいで受けると思うんだよね」

自慢げな説明に、スタッフたちが同調するように笑ったが、梨々子は顔が引きつった。

「あの……でも……」

小さな声を出した梨々子はスタッフの困惑した視線と、東浜の怒りに満ちた視線に、口を噤《つぐ》む。

――黙って仕事をしてください！

東浜の視線の意味はすぐに読み取れた。

確かにそうだ――梨々子は蚊の触覚から目を逸らして、所定の位置に戻る。

視界の隅に、蚊の着ぐるみをスマートフォンで撮影している虎之進が映った。

（失敗できないんだ――がんばれ、あたし）

スポンサー側の人間が見ていることの重大さを梨々子は改めて感じながら、自分を叱咤する。

「すみません。もう一度お願いします」

両手を揃えて頭を下げると、ほっとした空気が流れて再開の声がかかった。

なんとか自分の役割に集中しようとする梨々子だったが、蚊の触覚を見ると気持ちが落ち着かない。

（この蚊、どう見ても雄なんだけど……）

どうしても意識が触角にいき、つけまつげのようなふさふさを確認してしまう。

だが視線が揺れると、ストップがかかる。

――美波くん、もっと蚊を見てから逃げて。

――蚊だって気がつかないと普通逃げないよね？　おかしいでしょ。

――蚊を見たら普通は，嫌な顔になるか、刺されるかもしれないって、はっと驚くでしょ。そんな「なんだこれは？」みたいに、不思議そうな顔をしないよね？

――もしかしたら蚊にさされたことがない？

だんだんと苛立って皮肉まで交じるディレクターの声に、スタジオの雰囲気も悪くなる。

感情のコントロールが乱れて、梨々子自身も混乱して動きが硬くなり、誰もが無言になった。

「――一度休憩しよう」

大きなため息と一緒にディレクターが言ったとき、スタッフがそれぞれに肩をすくめたり、呆れた顔をしたりしながら梨々子に背中を向けた。

いたたまれない気持ちで項垂れる梨々子に、東浜が駆け寄った。

「とりあえず、座りましょう」

梨々子の肩を抱いて、スタジオの隅のパイプ椅子に座らせた。

上手く演技ができないタレントをマネージャーの東浜が慰め叱咤する構図に、他のスタッフたちはふたりを遠巻きにする。

「どうしたんです？　あなたに上手い演技をしろとは言いませんが、もっと元気良くやってもらわないと困ります。ベタな設定なんですから、学芸会みたいに大きな声で、元気良くやればＯＫが出ます。昔、赤頭巾ちゃんの主役をやったんでしょう？　やたら元気な赤頭巾で、狼に食われそうになかったって聞いてますよ。そのときと同じでいいんです。〈蚊ノンベール・スーパーファイン〉があれば、蚊なんて怖くないって雰囲気でぐいぐいやってください。日本アカデミー賞を狙うような映画を撮ってるんじゃないんですから」

「……それは、わかってるんだけど……」

「わかってるならやってください。わかっててやらないのは、結局はわかってないってことです」

小声ながら厳しい口調で東浜は梨々子を諭す。

「でもさ……蚊が変で……」

「変？　どこがですか？」

眉根を寄せた東浜に梨々子は深く頷く。

「あの蚊、雄だよ」

梨々子は身を乗り出して東浜に訴えた。

「触覚に羽毛がたくさんついてたじゃない？　あれって雄の触覚なんだよ」

一度言い出したら止められずに梨々子は、小声ながらまくし立てた。

「口吻が槍だったり、センサーの役割を果たす小顎鬚《しょうがくし》がなかったりするのはデフォルメされた着ぐるみだから許すとしても、あの触覚は明らかに雄。雄はほんの少ししか出ない雌のフェロモンを感知するために、ああいうふうに触角がつけまつげみたいに細かくなってるわけ。さすがにそこは見逃せないんだけど」

「……だから？」

血圧が上がりそうに息巻く梨々子に、東浜は拍子抜けするほど短い問いかけをした。

「だからって……」

「はい。だからなんだと言うんですか？　別に雄の蚊だっていいじゃないですか」

憤然として冷たく言いはなつ東浜に梨々子はあっけに取られる。

「雄だろうと雌だろうと、あなたに何の関係があるんですか。刺されるなら雌のほうがいいとか、わがままを言ってる場合じゃないんですよ」

「……いや、わがままじゃなくて、血を吸うのは雌だから」

「は？」

「だから血を吸うのは雌」

「……へ？」

意味を飲み込めずに不可解な声を出す東浜に梨々子は焦れて声が大きくなる。

「だから、人の血を吸うのは、雌なの！」

驚いたスタッフたちの視線が一斉に集まり、梨々子はぱっと口を押さえた。

「……あのね、蚊っていうのは、産卵のために血を吸うわけだから、雌じゃないと人の血を吸わないの。いくらデフォルメしてあったとしても、明らかに雄なのはどうなのって話なのよ」

「……ギンリンの専務さんが立ち合ってるのに何も言わないじゃないですか？」

「……あの人は……経営畑専門で研究の専門じゃないって聞いてる。だから蚊の雌雄なんてたぶん気にしないんだと思う」

梨々子の小声の説明を聞いた東浜は、自分を落ち着かせるように大きく息を吸ってから、ぐっと眉根を寄せて梨々子を睨むように見据えた。

「今の話は、あなたには関係がないことです」

梨々子が抱いている全ての感情を抑え込むぐらいに強い口調だった。

「あなたの今の仕事は、自分の見解を述べることではなく、言われたとおりに動くことです。吉川美波としての役割を全うしてください」

東浜の目は梨々子の呼吸が詰まるほどドスが利いている。

「柔道の試合中、何がどうあっても僕らは審判の判断に従います。理不尽だと思っても、審判に従い、絶対に勝つ。それが選手の役割です。いいですか？　あなたは今選手です。審判のやることに口を出す権利はありません」

「……あ、ああ……うん……わかった」

気圧されながら梨々子は頷く。

「じゃあ、ちょっとスタッフのみなさんに詫びを入れてきます」

そう言って席を立った東浜の背中に梨々子は頭を下げた。

椰々美のマネージャーとしての腰の低い穏やかな東浜しか知らなかった梨々子は、自分の義務をわきまえつつも堂々とした一面に触れ、さすがに元日本代表のアスリートだと見直す。

（椰々美が彼のために頑張りたいっていう気持ちもわかる。人としてちゃんとしてる……おとうさんたちが信頼して椰々美を任せるのもあたりまえだ）

だが、そうは思っても心の中では納得できない。

ギンリン側は本当にこれでいいのか？　と深く俯いて考えてしまう。

（あたしだったら、自分が関わった商品のＣＭで明らかな間違いがあったら嫌だ）

「雄って……ねぇ」

諦めたつもりでも拘りが口をついたとき、いきなり上から声が振ってきた。

「雄がどうかしましたか？」

はっと顔をあげると、目の前に虎之進が立っていた。

「あ――」

慌てて立ち上がって梨々子は頭を下げた。

「ご迷惑をおかけしまして、すみません。次は絶対にちゃんとやります。すみません」

――あなたを推したのは僕だけですので、僕の見る目がなかったということになりたくありませんから。

さっき聞いた嫌み交じりの励ましを思い出し、今度はもっときつい言葉を覚悟した。

「そうですね。ちゃんとやってもらわないと困ります」

とても上品な口調の底に先ほどと同じような小馬鹿にした気配が滲む。

「こう言っては失礼ですが、吉川さんではなくても、タレントさんの代わりはいくらでもいますから、できないならできないで、こちらはいいんですけどね」

「……すみません。頑張ります。やらせてください」

これが無事に終わったらこの本音と建前を使い分ける嫌みな虎を呪ってやる、と思いながら梨々子はもう一度頭を下げる。

「そうですね。それがお互いのためでしょう。ところで、雄ってなんでしょうか？」

嫌みたっぷりに続行を承諾した虎之進は口調を改めた。

「はい？」

「今、雄がどうこうと言ってましたよね？　とても悩ましそうな顔をしていたので、重大なことかと思いましたが、もしかしたらＣＭに関することでしょうか？」

さっきまでの上に立った雰囲気がなくなった虎之進は、聞く耳を持った人に見えた。

「……あ……いえ……別に」

だがはい、そうですかとその話に乗るわけにもいかない。

企業のトップの人間なら相手を懐柔してから、突き落とすなどあたりまえにやりそうだ。

「別にじゃわかりませんよ。吉川さん。あなたが我が社のあり方に理解が深いと思ったから採用したんです。何か気になることがあったら、言ってほしいですね。それが気に入らないからといって今更あなたを降ろしたりはしません」

梨々子の懸念を察したかのように虎之進は言葉で打ち消す。

「それに何か気にかかることがあれば、ＣＭ撮りも上手くいかないでしょう。かえってスタッフの迷惑になります。解消できる不満は解消するのが事業をスムーズに進める得策です」

会社だけでなくスタッフのことまで考えた虎之進の意見は非常に説得力があり、梨々子は納得して口を開いた。

「あの着ぐるみの蚊が、どう見ても雄に見えます。人の血を吸うのは雌ですから、それが気になりました」

「雄、雌……」

梨々子の顔を見ながら呟く虎之進の顔には「意味がわからない」と書いてある。

「あのですね――」

梨々子はさっき東浜にした説明を、もっと丁寧に、身振り手振りをつけて繰り返した。

「つまりあれほどふさふさと枝分かれした触角を持つのは雄なんです。可愛らしく見せたいのはわかるのですが、あれは明らかに雄の形態になります。ギンリンの研究員の方ならすぐにわかるはずですが、あれでＯＫしたのでしょうか？」

ついつい熱が入ってしまう梨々子の説明を、虎之進は口を挟まずに聞いている。

「……あ、でもですね」

あまりに熱弁をふるったことに気がついて、梨々子は慌ててフォローに入る。

「ギンリンさんのほうでご承知の上でやっていらっしゃるなら、全然問題ないです。可愛らしさ優先って言うならそれもありと言いますか——」

「よくわかりました。ちょっと失礼——」

梨々子の顔を見て深く頷いた虎之進はスマートフォンを取り出すと二、三度タップしてから耳に当てた。

「ああ、私だ。今新商品〈蚊ノンベール・スーパーファイン〉のCM撮りで確認したいことができた。送った写真の蚊の性別を、所定の部署で確認して、検討の必要があるかを調べさせろ。同時に宣伝部にもその結果を伝えて、連絡をくれ。大至急だ」

無駄のない通話の相手は虎之進の秘書だろうか。通話を切った彼は、スマートフォンを手に梨々子を見つめる。

微かに眉を寄せて訝しげな表情をする虎之進に梨々子はなんと言っていいかわからず、ただ見返すだけだ。

「君は……」

ようやく虎之進が口を開いたときスマートフォンが震えて、詫びるように眉をあげた彼は通話を始める。

「ああ、……それで？　そうか……雄か」

虎之進は梨々子の顔を見たまま、返事をする。

「それで……ああ、なるほど。で、研究スタッフの意見はどうなんだ？……そうだろうな。わかった」

厳しい顔つきながら虎之進の口元が少し笑ったように見えた。

「いや、それは私が説明する。今度は着ぐるみを作り直しに、こちらから専門の人間を入れるから、人選しておいてくれ」

そう言うと虎之進は一呼吸置いてから、通話を切った。

「あの……」

「当該部署のスタッフたちがあの蚊は雄だと口を揃えて言っているようだ。それとなにやらたりない器官もあるらしい」

「あ……小顎髭……」

梨々子が呟くと彼は面白そうな顔になった。

「さあ、そんな名前だったかな。とにかく、可愛らしくするにしても、リアルを守るべきところは守ってほしいと言われた」

そう説明した虎之進は踵を返してディレクターのほうへ歩き出す。

「あ――」

途中で何かを思い出したように脚を止めて、虎之進は振り返る。

「君を推薦して良かった、吉川くん。やっぱり俺は目が高かった」

一瞬いたずらが成功した少年のような顔つきで、虎之進はラフなもの言いをした。

ぱっと辺りが明るくなるようなオーラに梨々子は息が詰まる。

「あ……はい……どうもありがとうございます」

気の利いた返事もできなかったがとりあえず梨々子は頭を下げた。

(今夜、あの虎を呪うのはやめておこう。やっぱり最初に思ったとおり、案外いいところもあるよ。口は悪いけど)

ころっと自分の考えを変えて、梨々子は虎之進の背中を見送った。

5　求愛行動でチャンスを摑め！

居酒屋だって滅多にいかない梨々子に、高級そうな料亭は敷居が高い。

しかも個室で目の前に座っているのは、株式会社ギンリンの専務、銀林虎之進だ。

梨々子の話を真面目に受け止めた虎之進は、決断力も行動力もあった。

自分の立場と地位をフルに活用した彼は、あっという間にＣＭの撮影を一旦中止に持ち込んだ。

——着ぐるみの作り直しについては我が社が責任を持って行います。その他のことは契約条項に基づいて話し合いにいたしましょう。

全ての責任を負うと言わないところが、さすがに経営者だなと、梨々子は思ったが、感情に流されないもの言いは不快というより有能さの証に聞こえた。

ギンリンの機嫌を損ねたくない広告代理店側との利害も一致し、ＣＭ撮りは延期された。

それを聞いたとき梨々子は、内心大喜びした。

『ってことは、梛々美がそれまでに治るかも』

こそっと東浜に囁くと、彼の眉が吊り上がった。

『そんなわけありますかっ。シーズン商品の宣伝なんですから延びても二、三日ですよ』

ということは、また休暇を取らなければならないことに気づいて、梨々子は暗い気分になった。

（またいろいろ噂されるんだろうなぁ……仕事ができないっていうのを挽回しなくちゃならないっていうのに）

どんよりとした気持ちのままスタジオを出たところで、虎之進に声をかけられた。

『今日のお詫びと御礼に、食事をご馳走します。どうぞ』

まるで承知するのが当然のように虎之進は歩き出した。先ほど、一瞬見せた砕けた素顔はすっかりぬぐい去られて、あくまでビジネスライクな丁寧さで、危険は感じない。だが代理の身としては自分勝手に動くわけにはいかない。

『東浜さん……』

東浜に助けを求めたが事務所と電話中だったため手を横に振るだけだ。

揉めているのに気がついたらしく虎之進が戻ってきた。

『マネージャーさんはお忙しいようですので、先に行きましょう。彼にはあとで連絡します』

そこまで言われたら梨々子に断る選択肢などない。

おとなしく虎之進の車に乗るとてきぱきと聞かれた。

「フランス料理・ドイツ料理・ロシア料理・和食、何が好きですか？」

仕事関係の質問にはできるだけ素早く、かつ短く答えることを心がけている梨々子は、数秒で答えを出す。

「和食がいいです」

「わかりました。やはり職業柄カロリーが気になりますか？」

横顔に浮かんだ笑みに皮肉が交じっているように見えた。少し気分を害しながらも、梨々子は自分なりの理由を述べた。

「そうではなくて、あた……私はナイフとフォークが苦手なんです。普段あまり使いませんので、洋食をきちんと食べる自信がありません」

一瞬驚いたように梨々子のほうに顔を向けた虎之進は、今度は面白そうな笑みを浮かべた。

「ではたいした店ではありませんが、加賀料理にしましょう。ああ、モデルさんに正座をさせたりしませんので、ご安心ください」

そして連れて来られたのが都心の一角にある日本料理屋だった。

（これがたいした店じゃないのか……ギンリンって儲かってるんだ）

通された個室はそれほど広くないものの、金粉がまぶされた壁紙も漆塗りのテーブルも高級感を醸し出している。

「そんなに緊張しなくていいですよ。仕事関係者と食事をするのなんてよくあることでしょう？」

視線だけできょときょとする梨々子に虎之進が声をかける。

「そうでもないです。残業が多いし、自宅通勤なので家で食べることがほとんどです。それより、マネージャーはいつ来ますか？」

余計なことは言わないようにしようと思いながらしっかり余計なことを言いつつ、梨々子は東浜が来るのを待つ。

東浜が来てさえくれれば、たぶん上手に会話をしてくれるだろう。

だが虎之進はあっさりと答える。

「来ませんよ」

「はい？」

「吉川さんのことは私が責任を持ってお送りするのでご心配なく、とお知らせしておきました」

「え？……あの、うちのマネージャーはなんて言ってましたか？」

「よろしくお願いしますと、言ってました」

（嘘、ちょっと……東浜さん！　あたしを見捨てたのか！）

――僕も全力でバックアップしますから。

あの言葉を信じた自分が馬鹿だったのか。

心細さと怒りを押し殺して梨々子は引きつった笑顔を作った。

（とにかく早く食べて、襤褸《ぼろ》が出ないうちに帰ろう）

　そう決めた梨々子は料理が運ばれて来ると、とりあえず箸を取った。

「和食もいろいろありますが加賀料理がお好きなんですか？」

　しかしあまりがっついて見えるのも良くないだろうと考えて、当たり障りのない話題を持ち出すと、虎之進が口元だけで笑う。

「いえ、今日一日〝蚊が〟どうしたの、〝蚊が〟こうしたのとさんざん聞かされて連想しただけです」

「……はぁ……こじつけですね……」

　もっと論理的にものを考えるタイプに見えたので、梨々子は思わず失礼な感想を述べてしまう。

「ええ、まあそうですね。でも人って案外そんなものでしょう。私の思考がおかしいなら、吉川さんの思考も相当おかしいですよ」

　梨々子の言葉に気を悪くするふうもなく、虎之進は言う。

「蚊の雌雄が気になって仕方がない人なんて初めて会いました」

「ああ……ええっと……」

　それに関しては確かに自分に非があった。

　もし本当に梛々美の代わりを務める覚悟と信念があったら、東浜の言うとおり、あの場では何も言わずに役割を果たしただろう。

　冷静に考えれば着ぐるみを作り直すのにも時間とお金がかかるし、撮り直しにだって半端ではない金が必要になるのは梨々子にだって想像がつく。

自分の拘りが他人を巻き込むことになったことに改めて気がつき、梨々子は肝が冷える。

「本当にすみません！」

箸を置いて、梨々子はテーブルにつくほど頭を下げた。

「吉川さん？」

「私がつまらないことに拘ったばかりに、多くの人に迷惑をかけてしまいました。御社も無駄なお金を使うことになってしまい……本当に、申し訳ありません。なんとお詫びをしていいか……」

「そうですね」

梨々子の詫びを虎之進は否定しない。

「まあ、顔をあげてください。吉川さん。私は目を合わせない人は男性でも女性でも信用しません」

促された梨々子は顔をあげて、しっかりと虎之進と目を合わせる。

彫りの深い顔立ちの目は眼光が鋭く一見厳しい印象を与えるが、視線には透明感があった。

「確かにあなたが何も言わなければ、あのままスムーズに撮影は終了したはずです。テレビ放映後も、おそらくあの蚊が〝雄〟だと気がつく人はほとんどいない。もしいたとしても別にかまわないと思う人も多いはずです。もしかしたら蚊だったら雌雄関係なく、血を吸うと思っている人もいるでしょう」

「そうですね。私もそう思います……蚊が普段は花の蜜を吸うことは、あまり知られていないような気がします」

梨々子は縮こまって答えるが、虎之進は少し梨々子のほうへ身を乗り出す。

「ですが今はネットの時代です。すぐに炎上騒ぎになります。本当はどうでもいいと考える人間が多いはずなんですが、どうでもいい人は、わざわざどうでもいいなんて発言をしませんからね。相手のミスを見つけたがる輩ほど声が大きい。ここだけの話ですが、実に面倒です」

虎之進は肩をすくめた。

「まあこちらとしては、蚊は着ぐるみだから、単なるテレビ写りを優先したデフォルメだ、と言い張ればなんとかなります。八割方本当のことですしね。着ぐるみの雌雄をあれこれ言うほうがおかしいという流れに持っていけば済むことです。普通の大人なら、なあなあで納得するはずです」

「だったらどうして……撮影を止めたんでしょうか？」

饒舌に話していた虎之進が口を閉じて梨々子を見つめた。

からかう色のない視線に梨々子は何故か胸がどきんとした。

（いやだ、あたしったら、蚊が羽化する場面に立ち会えたような気持ち。何これ？）

非常に狭い経験から梨々子は今の胸のときめきを解明しようとするが、理解する前に虎

之進は口を開いた。

「あなたがとても真面目に蚊のことを考えてくれたからです。私は真面目にものを言われた場合は真面目に考えることにしています」

傲慢そうな見た目とは裏腹の真摯な口調だった。

「ですが、まさか部外者で、蚊については素人のあなたにそんな指摘をされるとは思いませんでした。実際私もわかりませんでしたし」

「あ、素人っていうか——」

梨々子は必死に考えを纏める。

「この宣伝に抜擢されてから、蚊のことを勉強しました。蚊の生態を何も知らないで、商品の宣伝に出るのは気が引けますから」

「面倒なほど真面目な人ですね。ですがあなたが真剣に仕事に向き合って、拘ってくれたことで、うちの研究スタッフがとても喜びました。私は何事でも真剣に向き合っている人の意見は聞くように心がけています。自分に決裁権があるからといって、全てがわかっているわけではありません」

虎之進はしみじみとした調子で言った。

「多くの人には、どうでもいいことで流せるはずのことに研究スタッフは強い拘りと、誇りを持っています。彼らの苦労は量りしれないのはわかっているつもりでも、経営側は軽く見てしまうところがある。とりあえず会社としての利潤を先に考えてしまう。でも今回のあなたの指摘は彼らのそういう地道な努力をリスペクトしたものだったようです。その点に関してはとても感謝しています。現場サイドではあまり評判が良くなかった私の株も少しはあがったような気がします」

最後は冗談交じりではあったが、最初に見せた嫌みの欠片もない率直なものに言いに、梨々子の胸の中でまた蚊が羽化する。

「あ、いいえ……こちらこそ、意見を聞いてくださってありがたいと思っています」

「実は、正直なところ、タレントさんというのはもっといい加減かと思っていました。とりあえず言われたことをやる。その要因や原因に感心があるなんて意外です」

「でも、仕事ですから、できる限りの下調べはするんじゃないですか？　私だけじゃないと思いますが」

他のタレントのことはおろか、梛々美がどうしているかもわからないが、とりあえずここは一般論を述べるに限る。

だが虎之進は軽く首を横に振った。

「弊社商品のCMに何度も立ち合っていますが、そこまで下調べをして臨む人はいません。それはタレントさん側の仕事ではないと私も考えていましたが……そういえば、吉川さんはオーディションのときもそうでした。会社の存在意義まで把握していた」

そこで虎之進は軽く笑った。

「虫さされを予防することで経済が発展し、生活の質が上がるという見解には、とても感動しました」

――ギンリンは日本社会全体のQOL、すなわち生活の質《クオリティ・オブ・ライフ》の向上を後押ししているのだと思っています。

梛々美にふるった演説を思い出して、梨々子は冷や汗が出そうになりながらも、それが嘘でないと言いたくなる。

「それは……どうもありがとうございます。大げさに聞こえたかもしれませんが、蚊っていうのは思っている以上に危険な生物なんです。マラリアやジカ熱、デング熱、日本脳炎……怖ろしいウィルスの媒体なんですから」

「ええ、そうですね。ただ日本ではその実感が薄いような気がしますね」

「そうかもしれません。日本は比較的清潔な国ですから、危機感が生まれにくいんです。でも実際にはそんなことはないんです。たとえばマラリアなんて、日本じゃあり得ないと思うかも知れませんが、平清盛の死因はマラリアだって言われてます」

「本当ですか?」

明らかに疑わしい表情をした虎之進に梨々子はむきになる。

蚊のことになると後先も自分が何のためにここにいるかも忘れて、梨々子は蚊の知識の普及啓発を始める。

「本当です。『平家物語』によると清盛の最期の様子は、水風呂に入れば水が沸騰し、水をかければ蒸発してしまうほどの高熱に侵されていたと書かれています。あまりの悪行三味がたたって、閻魔さまの灼熱地獄に焼かれたことになってますけど、後年の研究であれは完全にマラリアの症状だと言われています」

「そんな時代にマラリアが存在したんですか？」

「ええ、平安時代の都の気候は温暖ですから、ハマダラカは生存できたはずです」

「ハマダラカ？」

「ええ、マラリアの感染源の原虫を運ぶ蚊です」

すらすらと言い切ると虎之進が下を向いて、笑いながら治部煮《じぶに》に添えられたわさびを溶き出した。

「いや、面白い人だな、君は」

丁寧な口調が消えて、表情にも取り繕ったところがなくなる。

「そこまで蚊について調べてくれるなんて、スポンサー冥利につきるな。何度も言うけれど君を推薦して良かったよ」

「あ、ありがとうございます」

しゃべり過ぎたことに今ごろ気がついて、できることなら出た言葉を引っ込めたい気分になりながら、梨々子も野菜を炊き合わせた治部煮に手をつける。

「まさかこんな愉快な人だったとはね」

小芋を口に入れている梨々子を見て虎之進はクスクスと笑う。

「君はテレビカメラの前にいるときより、蚊の話をしているときのほうがずっといい顔をする。案外仕事を間違ったんじゃないのか？」

ぎくっとして梨々子は小芋を丸呑みしてから、慌てて手近にあったお茶を飲む。

「いえ……あ、あ、いえそんな。とにかく撮影頑張ります」

しどろもどろでそういうと、虎之進がじっと梨々子を見つめた。

「蚊のこと以外は〝頑張ります〟しか言わないんだな。どうして？　そんなに話すことがないタイプにはとても見えないけど」

「いえ……あっと、すぐに余計なことを言うので、マネージャーに止められているんです」

（ごめん、東浜さん。でもあたしを見放した罰だからね）

心の中で詫びと八つ当たりをして梨々子はそう言い訳した。

「余計な話のほうが面白そうなのに、残念だな」

そういった虎之進の笑いは大人の男性を感じさせる。

箸を綺麗に使う手は大きくて指も長い。

真っ白いワイシャツの襟も歪みがなくぴしっと決まっている。

（おとうさんとも違う、男の人だ。三十三歳ってどんな匂いなんだろう）

梨々子は吉川美波を装うことを忘れて、洗剤部門に配属されて右往左往している反根梨々子に戻る。

全然汚れてなさそうに見えるけど、セレブな男性だって洗濯をしない生活なんてあり得ない。本人がするかどうかは別にして、仙人じゃない限り日々の汚れはあるはずだ。

（うーん……臭くもなさそうだし……毒もなさそうだよ）

どこから見ても隙のない出で立ちの虎之進を観察して、その匂いを嗅ごうと息を大きく吸い込む。

「料理がおかしな匂いでもするのか？」

奇妙な動作をする梨々子にさすがに虎之進が眉をひそめる。

「す、すみません」

大きく吸った息をなんと梨々子は飲み込んだ。

「美味しい食事をご馳走していただいたので、匂いまで忘れないようにと思ったんです。こんな高級なところは滅多にきませんから」

嘘と本当を取り混ぜて言い訳する梨々子に、虎之進が何故か好意的な視線を注いできた。

「大学の頃から読者モデルをやっていると聞いたけれど、地味な私生活なんだ」

「特に売れているわけではありませんから」

（ごめん、梛々美。あたしはそうは思ってないからね）

心の中で妹にそう呼びかける梨々子を虎之進は興味深げに見る。

「いいものが売れるわけじゃない。タイミングとか流行とか、運に左右される。俺の会社でもこれぞと思ったものがヒットするとは限らない。俺は経営側の人間だから売れるものを作れと言うしかないが、最大限の努力をして作られた商品には、全力で答えたいと思っている。だから結局はできる限りのことをするしかないんだと思う。君のような仕事も同じだろう」

わざとらしい慰めでもなく、安易な励ましでもない。

実のある言葉は梨々子の胸に染み渡る。

「そうですね。頑張るしかないです」

明日から新しい部署でもっとしっかりしようとむくむくと力が湧く。

(やっぱりこの業界大手ギンリンの専務だけある。すごーく失礼で嫌なところもあるけど、すごーくいいところもある。話している相手にやる気を出させるタイプだ)

さすがに次男でありながら、次期社長と言われているだけのことはあると、梨々子は虎之進の器量を認める。

「もっと、もっといいものを作ります、私」

梛々美ではなく、TAKATOスタッフ、反根梨々子としての決意表明だったが、虎之進は頷いた。

「是非そうしてくれ。俺も君のお陰でスタッフの気持ちがわかった。この程度の御礼じゃたりないぐらいだな。何か今ほしいものがあるならプレゼントしたいぐらいだ」

冗談めかす言葉に梨々子の何かが反応する。

「今ほしいもの?」

「ああ、何でもとは言わないが希望ぐらいは聞く」

案外本気な目つきで虎之進は梨々子を見返す。

（ほんとにくれる気があるんだ……）

梨々子の頭にぱっと光が差す。

目的達成のためには、梨々子は手段を選ばない。目の前に自分の希望が叶う手立てがあるとわかったら、もう誰も梨々子を止められない。

梨々子はテーブルに手をついて立ち上がり、虎之進へと身を乗り出した。

「何でもいいですか？」

「……俺にできる範囲なら」

少し仰け反るようにして聞き返してくれた虎之進に梨々子はいっそう顔を近づけた。

「じゃあ、ワイシャツを見せてください！」

「は？」

虎之進が一瞬呆けたような表情になる。

その瞬間を逃さずに梨々子はたたみかける。

「そしてできれば、朝まであたしと一緒に過ごして、銀林さんの匂いを嗅がせてください！」

虎之進は息を止めたように硬直して梨々子をただ見返す。

だが梨々子はこのチャンスを逃すと次にいつ巡ってくるかわからないと思い、いっそう力が漲る。

男性がこんなに親しげに近づいてくれることは二度とないかもしれない。

しかも「何がほしい？」なんて聞いてくれることなど、絶対にないだろう。

おまけに相手はヤドクガエル戦法を駆使する人で、それだけでも興味の湧く対象だ。

（これはもう、宝くじ前後賞まとめてあたるぐらいのチャンスに違いない）

チャンスの女神は前髪しかない。だから走り去る前にその前髪を摑め——。

昔聞いた寓話を思い出して梨々子はもう一度言った。

「チャンスの女神は後頭部が禿らしいので、今しかないんです！　あたしに起き抜けの匂いを教えてください！　お願いします！」

呆然とする虎之進を睨んだまま、梨々子は鼻息も荒く懇願した。

6　昆虫的恋愛

この子はどういう子なのだろうか。

成り行きに流されるようにホテルに部屋を取って、梨々子を伴ったものの、虎之進の頭の中は不思議マークで一杯だった。

まだ三十三歳の独身で、それなりの立場もある虎之進は女性に言い寄られることは数多くあった。

だがその誘いは遠回しであり、必ず見返りを要求されるものだった。特に専務として会社の広報業務に携わるようになってからは、うんざりするぐらいあからさまになっていた。

――ギンリンがスポンサーになるドラマに出たい。新商品のCMに起用してほしい。

――宝石がほしい、車もあると嬉しい。

――結婚したい……無理ならば、高額契約で愛人でもいい。

人というのはここまで欲が強いものかと思い知らされ、たまに人であることが嫌になってくるときさえある。

銀林の家に生まれたときから、嫉妬と媚びを浴びてきた虎之進は、聞き流すこともできるし、皮肉でやり込める術も身につけている。

だが、この吉川美波という子はどうもそういう種類の子ではない。

（いや……子というのは違うな。確か二十七歳だったから、立派な大人だ）

だが、美波は女性というより少女、いや、少女でも少年でもない中性的なピュアさを感じさせる。

（世間的な知恵がないとも言えるけれど、なんだろう。タレントによくある天然ちゃんというタイプなのか？　そんなわざとらしさは感じないが……）

ダブルベッドをじっと見ている美波の後ろ姿に何かひっかかるものを感じた。

（どこかで見たか、この子？　今日じゃなくて、もっと前に……？）

カメラの前に立っていたときとは違う雰囲気の、かまえない背中に心の奥がざわつく。

だが虎之進が記憶を掘り起こしている最中に美波がぱっと振り向いた。

「あの、ええと——朝まで一緒と言うことは、ええと……そうですよね」

最後は自分に言い聞かせるように言った美波は、「少し時間をください」と頭を下げた。

眉根を寄せたままバッグからスマートフォンを引っ張り出し、虎之進に背中を向けてなにやら一生懸命に操作し始めた。背中から真剣な気配を醸し出しつつ何かをしていたものの、やがて納得したように頷き、スマートフォンを再びバッグにしまい込んだ。

「家に連絡していました。実家なので勝手に外泊すると心配しますので」

振り返った美波はそう言ってから、まっすぐに虎之進を見つめた。

「よろしくお願いします」

緊張した顔つきには、何かを覚悟した色が浮かんでいる。

腹の据わった顔つきは虎之進の好みだ。

しかも外泊をきちんと家族に連絡をする律儀さもなかなかいい。家族に迷惑をかけるような人間は仕事でも迷惑をかけることが多いと、虎之進は考えている。彼女は責任感がありそうだ。

それに色気をひけらかして迫ってくる女性より、わけのわからない理由であっても、決意を持って迫ってくる女性のほうが数段面白い。

「こちらこそ」

梨々子の生硬《せいこう》さにそそられた虎之進は、彼女の肩に手をかけて引き寄せた。

「いい？」

「あ……はいっ」

妙にいい返事に笑いそうになりながらも、何故かそれが可愛いと思えた。

顎に手をかけると、小さな震えが伝わってくる。

（慣れてないのか？）

二十七歳で、しかも読者モデルにスカウトされるような容姿の女性が男性慣れしていないのは意外だが、演技には見えない。

そっと唇を重ねると、ぴくんと身体が動いた。

（まさかね……）

閉じた唇の間を舌で探ると、唇が開いた。

「……ふ……」

まるで呼吸が上手くできないような息をつく彼女をからかいたくなって、唇を合わせたまま虎之進はその身体を強く引き寄せる。

胸に彼女の柔らかな乳房があたる感触がする。

口中に舌を入れて柔らかい粘膜をまさぐる。

「く……ふぅ……ん……」

美波は苦しいのと甘いのが一緒くたになったような不思議な声を出す。

合わせた唇の間から、美波が零した唾液が小さな露になって、喉に流れた。

（大丈夫か、この子……）

まるでキスもしたことがないような雰囲気だが、話しているときはちゃんと大人だった。自分の意見もあったし、論理的な会話もきちんとできた。

（不思議だ……）

そのギャップに戸惑いながらも、かえってこの娘のことを知りたい気持ちを掻き立てられる。

唇をすべらせて、喉もとを軽く吸って、右手で乳房を覆った。

「……はぁ……う……」

子犬のような息を聞きながら乳房を握って、その服の上から乳首を探り当てた。

「ひゃ——」

指先が軽く乳首に触れただけなのに、美波はしゃっくりのような声をあげた。

もちろんそれでも逃げ出すような素振りはなく、両手で虎之進のワイシャツを掴んでいる。

「大丈夫？」

ブラウスのボタンを外しながら囁く虎之進に、美波はごくんと唾を飲み込んで頷く。

「じゃあ、遠慮なく」

相手から誘ってきたので遠慮はしないが、一応男性用の避妊具はここに来る途中で調達してきた。

（まさかとは思うが、いきなり授かり婚なんて狙われたら堪らないからな……迂闊には信用できない）

この期に及んでまだ美波を、というか女性全般を今ひとつ信用できないまま、虎之進は行為を進める。

ボタンを外し終えたブラウスを脱がせ、その手でスカートのファスナーを下ろした。

「……ぁ……」

小さな声を漏らしたものの、美波は虎之進にもたれるように肩に額をつけた。

そのまま身体を抱えるようにして、ベッドへ誘った。

ピンと張ったシーツの上に横たえると、美波が見あげてくる。

「……どうかしたか？」

「いいえ、何も」

少し声が震えているように聞こえたが、瞼を閉じた顔は静かだった。

甘えて逃げる振りをしたり、自分から誘ったのにいざとなるとお約束のように恥ずかしがる振りをしたりする女性は気分のいいものではない。

どう見ても慣れていない様子なのに、腹が据わっているのは、虎之進の好みのど真ん中だ。

（悪くない）

ふっとそんな言葉が浮かんだときに頭をよぎった既視感を振り払って、虎之進は美波の下着を取って乳房を顕わにした。

「ん――」

嚙んだ下唇に、唇で触れて嚙むのをやめさせた。

その唇で乳房に口づけをすると、小さく身体を捩《よじ》る。

右側の乳首を咥えて、左の乳房を手のひらで覆う。

まだ誰も触れたことがないように小さく、形がはっきりしない乳首を唇で優しく嚙み、舌で転がす。

「ん……ぁ……」

小さく漏れた声は湿り気を帯びて、虎之進の耳を刺激する。

そのまま乳首を舐めたまま、もう片方の乳房を手のひらで丸く撫でると乳首が硬くなり始めた。

その乳首を指の間に挟んで、くにくにと指の間で動かした。

「あ——ぁ……」

ぱっと見ひらいた目が、子どものような驚きを表している。

——こんなの、初めて。

その目がそう言っているようで、虎之進の腹の奥が奇妙に疼く。

（可愛い……）

見ひらいた目を見つめながら、指の間で強く乳首を刺激した。

「ん——ぁ……」

かくんと仰け反らせた喉に唇を当てると、どくどくと肌の下で強く打つ脈が伝わる。

もう一度尖った乳首を含み、舌で弾くように転がした。

「あ……ぁ……ん」

一所懸命抑えた甘苦しい声は、作ったものではなく、本当に自然に困惑しているのを感じさせた、その自然な初心さが虎之進を煽った。

乳首を愛撫したまま、片手で腋下《わきした》から腰骨まで撫でると、困ったように身を捩った。

「苦しいのか？」

ごく小さな声で聞くと、少し間が開いたものの、首が横に振られる。

「じゃあ声を抑えなくていい。無理をすると辛くなるから」

「……はい」

こんなにぐいぐいと迫ってくる女性が未経験とは思えないが、反応が未熟過ぎてだんだん心配になり、言葉で確認してしまった。

だがたぶんそれで良かったのだろう。

美波の唇が少し開いて、艶めいた表情になった。

「痛かったら、正直に言っていいから」

そう言ってから虎之進は彼女の身体を優しく愛撫する。

淡い桃色から紅色に変わった乳首を軽く唇に挟んだまま、手のひらで臍《へそ》を撫でた。

「ぁ……ん……くすぐったい……です」

痛かったら言えと言ったのに、真正直に他の感覚を口にするのがなんだか無邪気に遊んでいるようで楽しくなる。

「じゃあ、ここは？」

素直な反応にからかいたい気持ちが抑えられなくなり、唇から解放した濡れた乳首を指で摘んだ。

「ぁ……ん……あ……ええっと……ぁ」

言葉を出そうとするたびに、くりっと指の腹で乳首を刺激すると、ぴくんと身体が動いて、言葉が作れないようだ。

眉間の間に寄せた皺が、苦しそうなのに愛らしい。

「気持ちがいいんだね？」

耳元で尋ねると、こくんと頷いた。

（まずい……可愛過ぎるじゃないか）

素直な淫らさに頭の芯がくらくらする。

「じゃあ、何も言わなくてもいい。痛いときとか、気持ちの悪いときだけ、教えてくれればいい。女性の身体は男にはわからないところがあるから」

虎之進の言葉に唇をぽっかりと開けたまま、また頷いた。

「それでいいよ」

物慣れていない彼女に言葉を惜しむのはかわいそうな気がして、虎之進はそう言って髪にキスをする。

彼女が安心したような顔をするのを確かめてから虎之進は下腹に手をすべらせて脚の間に触れた。

そこはもう湿りを帯びて、奥が潤っているのがわかった。

「あ……」

頬を染めて、脚を反射的に閉めた美波の滑らかな腿を撫でて、力を抜かせる。

「大丈夫、心配しないで」

はぁと赤い唇で息を吐いた彼女の表情を確かめてから、下着に手をかけて、するりと引き下げた。

「脚をあげて」

頬を染めながらも言われたとおりに脚をあげた彼女の爪先から下着を抜き取る。

全裸にした彼女のふくらはぎを撫でながら、膝を左右に割った。

「ん……ふ……」

ひんやりとした空気が湿った奥に刺激を与えるのか美波が軽く呻いた。

虎之進の手は内腿を撫でながら奥の柔らかな秘裂までたどり着く。

「あ——ぁ……」

膝を開いたまま美波が仰け反ると、秘裂の奥からぷっくりと充血した珊瑚色の珠が覗いた。それを指先で撫でると、美波が喉の奥から悲鳴に近い声をあげる。

「痛いのか?」

「……違う……でも、ぴりぴりしてどうしていいか……わからない」

刺激が強過ぎて身体が受け止めきれないのだろうか。

年齢に比して随分と身体が幼い。

「わかった、……深呼吸して身体の力を抜いてごらん」

言われたとおりに息を大きく吸う顔が少女のようでもあり、大人のなまめかしさもあった。

虎之進は身体を沈めて、美波の脚の間に顔を埋めた。

「ひゃ……ちょ……」

子どもじみた声を聞き流して虎之進は両膝に手を当てて、姿勢を拘束しながら秘裂に舌を這わせた。

「ゎ……ぁ……ゃ……」

拒む声が滲んで行くのを聞きながら、舌先で秘裂を割って、膨れ上がった珊瑚色の珠を舐める。

「ん……ぁ……そ……」

いったい何を言いたいのかわからないが、取り繕わない声がとても可愛らしい。

彼女の短い喘ぎは、頭の芯に直接響くような肉感があった。

もっとこの声を聞きたいと思いながら、彼は珊瑚の珠を吸い上げては、舌先で弾いた。

「ぁ……ふぁ……」

膝の手を外しても脚が閉じられることはなく、むしろしどけなく左右に崩れていった。

奥の襞が弛んだのを確かめて、虎之進は蜜口に指を差し入れた。

「ん——っ」

一瞬苦しげな声が出て、身体が硬くなったが、すぐに力が抜けて入れた指を包み込む。

くちゅくちゅと水音を立てながら蜜道を注意深く擦ると、美波の下腹が波のように揺れた。

「痛くないか？」

「……痛くない……です……ん」

子どものように舌足らずに美波は答える。ぼんやりした視線が熱に浮かされている。

蜜口に含ませている指を増やしても、柔らかに収縮する襞が素直に受け入れた。

「これは？」

蜜襞を擦りながら聞くと、気怠げに首を横に振る。

ゆっくりと中を指で擦りながら、ときおり蜜壁をノックするように指を動かした。

「……ぁ……ん……はぁ……」

指先が襞を開き壁を擦るたびに彼女は身体をひくんと撓《しな》らせる。

蜜襞がひくついて、虎之進の指を締め付けてきた。

「ん――ぁ……」

指をぎゅっと締めた刺激が身体中に伝わるらしく、美波の肌が紅潮して、腰が蠢《うごめ》いた。

「なんだか……変……」

「変じゃない……普通だ……いや、普通以上かな」

身体の変化に戸惑っているらしい彼女を安心させるように言って、身体の奥から指を引き抜いた。

「あ――」

蜜口を指先がぐっと一瞬開いた刺激に小さく声があがったが、指がすっかり抜けると、美波はため息をついた。

それは安堵というより喪失感の吐息に聞こえる。

「目を閉じて」

素直に目を閉じた美波の額にキスをしてから虎之進は素早く洋服を脱いで、ベッドの脇に脱ぎ落とした。

──じゃあ、ワイシャツを見せてください！

白い布が絨毯にふわりと落ちたとき、美波が言ったことを急に思い出した。

（そういえば……あれはどういう意味なんだろう）

一瞬だけ心を横切った思いは、熱のある身体の前に消えていく。

それでも虎之進はあくまで注意深く、柔らかい身体に覆い被さる前に、手早く避妊具をつけた。

「あ──」

虎之進が自身の硬く熱い雄を蜜口に押し当てたとき、美波はふっと目を見ひらいた。

「大丈夫だ。今、柔らかくしたから、痛くないはずだ。俺の肩に摑まって」

ふうと息を吐いた美波は、言われたとおりに虎之進の肩に手をかけた。

「痛かったら俺の肩を握って合図しなさい、いいね」

薄く吐いた息が了承の徴《しるし》だと受け取って、虎之進は美波の中に入る。

彼女の表情を見ながら、彼はゆっくりと自分の身体を進める。

「は……ぁ……」

眉間に苦しげな皺が寄ると、蜜道を広げている雄を一度止めて、指先で蜜口の上の珊瑚の珠を撫でた。

「あ……ぁ……んん……ぁ」

彼女の唇から快楽の息が漏れるとまた雄を穿《うが》ち入れた。

本当に初めてのように狭い蜜道を虎之進は時間をかけて拓いた。

「あ……ぁ…ふぁ……」

ぐっと抉《えぐ》るように最後の雄が収まると、美波の唇から満たされたような息が漏れた。

「痛くないか？」

「……ぁ……ん……」

ゆるゆると首を横に振る仕草が、恍惚として見えた。

「じゃあ、動く……呼吸をして」

美波のはぁ、はぁと喘ぎに近い呼吸に合わせて虎之進は蜜道を抉った。

「ん……ぁ……」

痛いというより、もどかしげな皺が眉間に浮かぶ。

もしかしたら、彼女の身体はこれで達することができないほど、未熟なのかもしれない。

柔らかに蜜壁を雄の嵩で擦るたびに、きゅっと締め付ける反応はあるのに、どこか不規則で彼女自身が焦れている。

手を伸ばした虎之進は雄を飲み込んでいる蜜口に触れてみた。

薄く引き延ばされたそこは熱く、濡れているが、張り詰め過ぎている。

（かわいそうに……これでは達《い》けないだろう）

その指先で蜜口の上にある珊瑚の珠を叩いた。

「ん——」

きゅっと蜜口が締まって、美波の頬に血が上る。

少し中を雄で擦ってから、彼は先程よりもさらにぷっくりと膨れた珊瑚珠を指の腹でくるくると擦る。

未熟な身体で自分だけ一方的に達くのはかわいそうで、とてもできない。

この子をまず気持ちよくしてやりたくなる。

「あ……ぁ……ぁはあ……」

快楽が凝縮した珊瑚珠を擦られて、美波は濡れた声で喘いだ。

「これはどんな感じだ？」

こんなときにいちいち聞くのは無粋だと知っているが、彼女には聞いてみたい。

素直で不器用なこの子に自分が与えた快楽を言葉で言わせたいという、不思議な欲望が虎之進の中に生まれる。

自分が熱を吐き出すより、この子が快楽を知るのを見るほうがきっと楽しい予感がする。

「あ……ん……気持ちが……いい……」

口を半開きにしたまま美波は問われるままに答える。

「そうか……じゃあこれでは？」

指の腹で撫でていた珊瑚珠を指先で摘んで軽く爪を立てた。

「あ――ぁ……や……強い……ぁ……」

「痛いか？」

「……んん……痛くない……でも……ぁ……痺れる……」

首を左右に振って困惑する顔は、少女と大人が混在して可愛らしくて、見ているだけで達きそうだ。

虎之進は摘んだ珊瑚珠を指で擦るようにもみ上げた。

「あ――ぁ……駄目……あ……」

「達くか？」

「……は……ぁ……うん……わかんない……」

子どものように首を振って、彼女は顔を泣き出しそうに顔を歪めた。

「達きなさい」

耳たぶを噛んで虎之進はいっそう強く珊瑚珠を指で摘み上げた。

「あ――あたし、これ……達く……の？　……あぁ……」

喉を仰け反らせた美波が、虎之進を身体の中に入れたまま身体を震わせた。

肩に摑まった手に力がこもり、肌に爪が刺さるほど強く握られる。

「や——あ……や……」

紅唇を濡らして絶頂を訴える美波を抱き締めて、虎之進は自分も頂点を味わったような快楽を感じていた。


翌朝目覚めた虎之進は隣にいたはずの美波がいないことに気がついた。

「ん？」

顔を横に向けると、床の絨毯の上に座り込んでいる彼女の背中に気がつきぎょっとする。

昨夜脱がせたブラウスを素肌の上に羽織った格好でうずくまっていた。

「美波……」

声をかけても気がつかずに、彼女は何かを抱えて鼻をくっつけているようだ。

（ワイシャツ？）

——じゃあ、ワイシャツを見せてください！

（あれはやっぱり本気だったのか）

あ然として虎之進は一心不乱にワイシャツを検分している彼女を見つめる。

——朝まであたしと一緒に過ごして、銀林さんの匂いを嗅がせてください！

昨夜の、超弩級の破壊力を持った常識外れの懇願が蘇る。

ることにした。

（約束は約束だ。守らなくちゃ駄目だな）

全然意味がわからないが、虎之進は律儀にそう思いながら、美波の行動を遮らずに見守

＊　＊　＊

自宅リビングのソファでウィスキーを手にしてぼんやりしていると、シャワーから戻ってきた弟の由喜虎が髪の毛を拭きながら向かい側に腰を下した。

「ちょうどいいや、兄さん。話があったんだ」

「研究棟の話なら、駄目だ」

きっぱりというと由喜虎が顔をしかめる。

「話し合いが物事の基本だよ。兄さん。こっちの意見も聞かずに駄目出しは、民主主義の精神に反する」

三歳年下で女性のように優しい顔つきをした由喜虎は見た目どおりに口調は優しい。だが、一度意見を言い出すと非常にねちっこい。真剣に相手をするには体力が必要だ。

今日の虎之進はそんな気分ではない。

「俺の考える民主主義とおまえのそれとは違う。それにここは家だ。仕事を持ち込むな」

これ見よがしにウィスキーをグラスに注ぎ出して、虎之進は行動でもその気がないことを示す。

「本当にどうしたんだ？　珍しく上の空だね」

「……別に」

素っ気なく返しながらも、頭の中は昨日の夜のことでいっぱいだ。

――ワイシャツを見せてください！

――チャンスの女神は後頭部が禿らしいので、今しかないんです！　あたしに起き抜けの匂いを教えてください！

まったく理解できない願いを申し出てきた美波にあっけにとられ、その勢いに押されてしまったことは認める。

（女にひっかかることなんてなかったのに――俺はいったいどうしたんだ？）

だが、自分が見ていることも気づかずに、一心不乱にワイシャツを検分していた吉川美波を非常に可愛らしいと思ってしまった。

たとえば正装した女性を綺麗だと単純に思うことはあっても、それは視覚的なもので、心の底から突き上げるように「可愛い」と感じたのはおそらく初めてだ。

（……どういう理由だ？　半分裸で他人の脱いだワイシャツを嗅ぎまくる女のどこが可愛いんだ？　俺はどうかしたのか？）

何事も計算できる男――そう自負していたアイデンティティーの崩壊に虎之進は必死で

抵抗している最中だ。

「ほんとに変だよ……もしかして恋でもした？」

ペットボトルのミネラルウォーターの口を開けながら由喜虎が不意にいった。

「――馬鹿なこと言うな」

自分でも一瞬返事が遅れた気まずさを、不機嫌さで覆い隠そうとした。

「えっ？　図星なんだ」

「何が図星だ」

「兄さんが隠しごとをするときって、右の眉毛があがるんだよ」

慌てて右の眉に触れると、弟が笑った。

「やっぱり当たりだね」

「……鎌をかけたな？」

「ひっかけじゃないよ。何年兄弟やってると思うんだよ。会議中に右眉に気をつけた方がいいよ。もっともわかるのは俺と久兄くらいだと思うけど」

ふたり兄がいる由喜虎は長兄の久虎を「久兄」と呼んで区別するが、そこにある砕けた調子は、虎之進に兄弟の中で自分だけが畑違いにいる気持ちにさせる。

今更拘る年でもないが、微かな寂しさを感じながら虎之進は右眉を揉んだ。

「で、どういう人？　兄さんが女性を気にかけるなんて珍しい。ギンリンのＥＤ専務って言われてるのに」

「ＥＤ専務？　なんだそれ」

さらっと言われた意味がわからずに眉をひそめた。

「どんな美人が迫っても、落ちないから、肉体的に問題があるんじゃないかってこと。権力者はあれこれ言われやすいんだ。気にすることはない」

「ギンリンの専務程度でなにが権力者だ。まったく、口さがない奴らばかりだ」

「まあね。でもとても敵わない相手をこそこそ文句言うぐらい許してやりなよ。兄さんは目立つからね。目立つボスは遠巻きにするのが動物界の掟《おきて》みたいなもんだよ」

取りなした由喜虎に免じて虎之進は口を噤んだ。それにくだらない噂話を訂正させるよりも、理解不能な吉川美波のことで頭がいっぱいだった。

「で、どんな女性？」

「変な人だったんで、気になっただけだ」

弟のしつこさを知っている虎之進は適当に受け流そうとする。

「変って、どういうこと？」

「遠回しな言い方をしないタイプ。自分がよく見られたいと思ってない感じがして、女性にしては変わってるなと思ったんだよ……しかも言ってることが、わけがわからない」

顔をしかめた虎之進を弟は面白そうに見た。

「女性の言ってることは半分以上、男にはわけがわからないと思った方がいい。理論より感情だからね」

「……確かになあ……でも彼女はちょっと違う感じなんだ。欲求をストレートにぶつけてくるが、感情的という印象はないな」

「肉食系？」

「いや……そういう、がつがつした感じじゃないな……色気がまったくない感じだ」

弟にのせられるままついそう呟くと「へえ、面白いね」と由喜虎が目を輝かせる。

「それって、昆虫系かな」

「昆虫系？　なんだそれは」

「昆虫は時間がないから、恋は早い。蟬《せみ》なんて一週間で相手を見つけて交尾、そして産卵しないと、己の遺伝子喪失になる。だからうじうじ考えずに、これっと思った相手に突撃するんだ。トンボなんて雌の腹にある別の雄の精子を掻きだして、自分の種を植え付けるタイプのもいるしね」

「それは犯罪だと思うぞ」

顔をしかめた虎之進に由喜虎は「まあね」と笑った。

「でもさ、彼らのストレートさを知ると、人間なんて無駄に頭でっかちだなって思うよ。僕も虫のように恋ができたら楽だって考えるときがある」

「しかし……それは恋とは違うだろう。単なる種族の存続の本能だ」

「虫だって恋をするよ。人だけがそういう感情を持つと思うのは傲慢だね」

由喜虎は兄の無理解に呆れたように肩をすくめる。

「ただね、人から見れば即物的かもしれないってだけ。好きな相手を見つける本能は人よりずっと高いと思うよ。社会的な地位や金に誤魔化されないからね。本当に自分が必要なものをほしがるだけだ。肉食とか草食とかいうんだから、虫系があってもいいんじゃないかな」

「虫系ね……」

そう言われると一理ありそうな気がする。

——ありがとうございました。

ワイシャツを虎之進に戻したときに礼を言った美波は、恥ずかしそうに赤い頬をしていたが、本当にそれだけだった。虎之進の首筋に鼻を寄せてきたときに、迫ってくるかと思ったが、真剣な顔で鼻をスンスンいわせただけで、満足したらしい。

彼女が嘘偽りなく「ワイシャツの匂いと起き抜けの匂いを嗅ぎたかった」のだと、虎之進は納得するしかなかった。

「……原始的だ……」

「そうだよ。でもさ、原始的って悪いことじゃないよ。本質を見誤らない」

なるほど——と、虎之進は真面目に受け止めた。

確かに彼女は非常識だったが、わかりやすかったとも言える。

まどろこしさのないもの言いは、虎之進には心地が良かった。

「……虫……も悪くないかも」

弟がにやにやするのを横目に、虎之進は思わずそう呟いた。

7 大切なテリトリー

東浜の予測どおり、着ぐるみの作り直しは二日でできあがり、あっという間に撮り直しの日になった。

「日曜日で良かった。また有休を取ったら何を言われたかわかったもんじゃない」

迎えにきた東浜の車に乗り込んだ梨々子は、正直な気持ちを打ち明ける。

「はい。今日は無事に終わると思いますが、何事も梨々子さんのでき次第です」

ハンドルを握った東浜がきっちりと釘を刺すのに、梨々子は頷く。

「わかってます。今日は何があっても心を無にしてやり遂げるから」

「お願いします。この間撮影が中止になったとき、研究所に蚊を見に行く、徹夜になるかもって言って本当に戻らなかったので、椰々美さんがすごく心配してたんですよ。ギンリンの専務さんと食事に行った帰りですから、嫌なことでもあったのかって」

「あ……うん……ごめん。でも着ぐるみに難癖をつけた手前、もう一度確認しておきたかったから……ね。それに蚊を見て気分転換もしたかったから」

つきなれない嘘にどきどきしながら答えたが、東浜はその言い訳を信じたように頷いた。

「梨々子さんにとって蚊は精神安定剤みたいなものですから、仕方がありません。その成果を期待していますよ」

東浜の言葉にほっとしながらも、梨々子が気になるのは別のことだった。

「ね、東浜さん……今日はあの人は来るのかな？」

「あの人？」

後部座席にいる梨々子に東浜は背中越しに尋ねる。

「うん……ほら、あの、ギンリンの専務さん」

隠しごとがある梨々子は早口になるが、東浜は気がつかなかったように明るく答える。

「ええ、いらっしゃると思いますよ。撮り直しを言い出したのはあの方ですから、責任上確認にいらっしゃるのが筋でしょう」

「……だよね」

「言葉遣いが悪くなっていますよ」

「ごめんなさい。気をつけます」

梨々子はため息を飲み込んで、窓外の流れる景色を眺める。

（うーん、虎之進専務に会いたくないよね……やっぱり……）

梨々子はあの一日のあれこれを思い出してしまい、胃の辺りがきりきりと痛んだ。

実は初めての体験が衝撃的過ぎて、あれこれというほど覚えていないのだが、それでもとんでもないことをしたのだけはわかっている。

虎之進が眠っている間にワイシャツの匂いを嗅いだのはもちろん、覚えている。それが目的だったのだから、それだけは完遂《かんすい》した。

やっと満足してベッドのほうを振り返ったとき、虎之進がじっとこちらを見ていることに驚いて飛び上がりそうになった。

だが「約束だから、思う存分、どうぞ」と言って虎之進は梨々子の邪魔をしなかった。それどころか「俺の朝の匂いも嗅ぐんだったら好きにしていい」と言われて、おそるおそる首に鼻を近づけた。

くすぐったそうに顔をしかめたものの、虎之進は梨々子に指一本触れずに、好きなようにさせてくれた。

（ものすごく、変わってる人だった）

自分のことはともかく、梨々子は虎之進をそう評する。

そして悪い人ではないこともわかった。少なくとも真剣な人間には真剣に対応してくれることは間違いがない。

（けどなあ……どう考えても会いたくない……）

自分のしでかしたことに今更悶絶する。

だが胃が捩れようとも、頭が割れ鐘のようにがんがんと痛もうとも、この状況から逃れることはできない。

（とにかく、今は一生懸命やろう。吉川美波になろう）

スタジオ入りした梨々子はこの前と同じ衣装を着て、準備を整えて、スタンバイする。

「この間はすみませんでした！　よろしくお願いします！」

とりあえず気迫だと決めて梨々子は、スタッフに大声で挨拶して頭を下げまくった。

今日の自分はCM撮りにきた「吉川美波」だと梨々子は自分に言い聞かせる。

梨々子の元気の良さと低姿勢な態度にディレクターもスタッフも笑顔で、いい雰囲気になった。

「いいですよ、美波さん。このままその元気でいきましょう」

ぴったりと背後にいた東浜が小声で励ます。

「ええ——」

頷いた梨々子の視線の先に、虎之進が現れた。

「ぐっ——」

飲み込んだ唾が喉でひっかかって無様な音を立てた。

「どうしました？」

「だ、大丈夫です。緊張しただけです」

心配する東浜にそう答えた梨々子は、目を逸らしつつも虎之進に向かって深々と頭を下げた。

この場にそぐわないことを言われたらどうしようと思う梨々子に、虎之進は紳士的な会釈をしただけだった。

（そうだよね。かなり変わった人だったけど、ギンリンの跡継ぎともあろう人間が人前でそんな馬鹿なことをするはずないよ）

自分のおかしさを棚にあげて、虎之進の変人振りに軽く気を揉んだ梨々子は胸を撫で下ろして、撮影に向かった。

「じゃあ、美波くん、スタンバイしてー」

少々間延びしたディレクターの声で梨々子はスタジオのグリーンバックの前に立った。

スタートの合図に従って、梨々子は前回教わったように思い切り伸びをした。

（あたしは今、野外にいるんだ。蚊のおもな活動時間は、夕方から夜だけれど、昼に活動する蚊だっているから、そこは気にしない）

自分に暗示をかけて、梨々子は着ぐるみの蚊がくるのを待ち受けた。

「キーン」

梨々子がやりやすいようにと考えてくれたらしく、蚊の着ぐるみに入った人が蚊の翅音《はおと》を口にしながら近づいてくる。

（おお、すごい）

新しく作り直した着ぐるみの出来映えに梨々子は目を瞠った。

前に突き出た複眼に、長い口吻、その両脇の雄よりずっと短い小顎髭と、あるべき器官が正しい比率で頭部に収まっている。正確さの割りに可愛らしくできているのは、スタッフの努力のたまものだろう。

そして問題の触角は、羽毛が減らされ完全に雌になっていた。

（うぉー完璧）

梨々子の生き生きした嬉しそうな表情は、スタッフの目を釘付けにする。

（ギンリンから専門のスタッフを入れるって、虎専務が言ってたけど、本当だったんだ。すごいなあ）

感謝と感動で、梨々子は目が潤んでくる。

その日にライトが差し込み、カメラ越しに見ていたスタッフが無言のまま、頷いた。

着ぐるみの蚊が槍を振り上げてやってくるのに呼吸を合わせ、梨々子は「いやーっ」と逃げ出した。

手順どおりもう一度槍を振り上げた蚊が、手順どおり剝き出しの梨々子の腕を刺す。

「蚊、大嫌いっ」と叫んで梨々子は蚊を手で払った。だが追いかけてきた蚊に追いつかれて、今度は腕を刺されてしまう。

「やられたーっ」

悔しさいっぱいで叫んだ梨々子は、一瞬の間を置いて、顔をしかめて「かゆーい」と言いながら腕をかく。

「もういやっ！」

泣きそうになった梨々子のもとへ、どこからともなく〈蚊ノンベール・スーパーファインスプレー〉が落ちてくる。

にっこりと満面の笑みでそれを手にした梨々子がスプレーを腕や脚に吹き付けると、蚊の着ぐるみが泣きながら去っていく――。

「はーい、カット」

ディレクターの声で梨々子はほっと息を吐いた。

「概《おおむ》ね良かったけど、蚊にさされているときは、普通パチンと叩くよね。手で払うなんて悠長なことしないでしょ。本番は叩いて」

「あ……はいっ」

(むやみやたらに潰すと、その衝撃で蚊の唾液が広がる可能性があるから、余計痒くなるんだけど……いやいや、あたしは吉川美波よ。蚊の唾液なんてどうでもいいわ)

自分に強く言い聞かせて、梨々子は元気良く返事をする。

「それから、刺されたらすぐに痒がってくれるかな。ワンテンポ遅れてるから間が抜けて見えるよ」

「はいっ!　わかりましたっ!」

蚊に刺されたら即時アレルギー反応を起こす人でも一秒二秒は間があるが、そんなことなど些末《さまつ》なことだ。今は忘れよう。

上官に従う兵士のように梨々子は元気良く返事した。

「じゃあ、もう一度通してみよう」

決められた場所に立った梨々子は、注意されたところを修正して、動きを繰り返した。

「いいね、いいね、元気がいいよ！」

「ありがとうございます！」

声を出すことで自分に勢いをつけて、梨々子は何度かリハーサルを繰り返す。

祈るように見守る東浜のためにもやり遂げようと思うし、こんなに完璧に蚊の着ぐるみを作り変えてくれた虎之進のためにもきちんとやらなければならないと思う。

その虎之進は腕組みをして立ったままずっとこちらを見ていた。

何を思っているのかはわからないが、少なくとも今はギンリンの専務として振る舞っている。

（あたしもちゃんと吉川美波としてやりきろう）

腹に力を込めた梨々子は、本番になってもそのテンションを維持して、見事に一度でOKをもらった。

拝むように梨々子を見ている東浜の目が潤んでいるのを見て、梨々子も目頭を熱くして東浜に走り寄る。

「お疲れ様です」

迎えてくれた東浜の短い労いの言葉に全ての気持ちが詰まっているのを感じた。

「うん、疲れたわ。帰りましょう」

東浜を促してスタジオを出ようとしたとき、背後から呼び止められる。

「吉川さん」

声だけで虎之進だとわかった梨々子はぎくっとして足を止めた。

（……頑張れ、あたし）

自分を叱咤した梨々子は無理矢理笑顔を作ってから振り向く。

「この度はどうもありがとうございました」

当たり障りのない礼を述べながら梨々子は深く頭を下げた。

「蚊の着ぐるみのできはどうでしたか？」

面白そうな表情ながら口調は真剣だった。

「はい、驚くほど完璧でした。長い口吻も短い小顎髭も、羽毛の少ない触覚も見事で、ほれぼれしました」

熱く答える梨々子に、隣にいた東浜がぎょっとするほど、虎之進は柔らかい微笑みを浮かべた。

「うちの専門スタッフが知恵を振り絞ったようです」

「そうですか。さすがにギンリンさんのスタッフのみなさんは優秀ですね。感動しました」

素直に感嘆の気持ちを口にすると、虎之進は賞賛を受け止めるように軽く頷いてから、スマートフォンを取り出した。

「何か私が役に立てることがあったら連絡をください。ＳＮＳを――」

また東浜が驚いて、硬直する。

それはそうだろう。

ギンリンの専務のほうから連絡先の交換を申し出るなんてあり得ない。東浜には虎之進に何か下心があるとしか考えられないに違いない。

「あ、あた、いえ、私、SNSをやってないんです」

言った虎之進にどんな思惑があるのかはわからないが、これ以上この人と関係を深くするわけにはいかない。

梨々子は頰を引きつらせて、嘘をつく。

「それは珍しいですね」

嘘を本当に信じたのかはわからないが、目を軽く見ひらいた虎之進はそう言った。

「すぐに連絡を取れないと仕事で何かと困るでしょう？　いまどきはやっておいたほうがいいんじゃないですか？」

「あ、いえ、そんなに仕事ないので、大丈夫です」

東浜は少し顔をしかめたものの、梨々子が断ったことはほっとしたようで、少し肩の力が抜けた。

「本当にときどき面白いことを言うんですね」

軽く笑った虎之進は、胸ポケットから名刺を取り出して梨々子に差し出した。

「これにメールアドレスがかいてあります。気が向いたら是非連絡ください」

名刺を押し頂いた梨々子にもう一度頷くと、虎之進はスタジオを出て行った。

それをぼーっと見送った梨々子は、虎之進の姿が見えなくなってから安堵のあまり大きく息を吐いた。

「いったいどういうことですか？」

東浜が難しい顔をして梨々子を見下ろす。

「どういうって……いや、あたしもよくわからないけど……」

もごもごと答える梨々子に東浜はいっそう厳しい顔になる。

「あの専務はタレントに冷たいというのがもっぱらの評判です。女性タレントが仕事で便宜を図ってもらおうとして不興を買って、逆に仕事をなくしたこともあるって言う話なんですよ。どうしてそれなのに向こうからあんな笑顔を……」

本気で心配しているらしく東浜は、青ざめて唇を震わせた。

「あなたを気に入ったんでしょうか？　それとも着ぐるみまで作り直させたことを根に持っているんでしょうか？　遣り手なだけに商売に傷をつけた人間は許さないって人かもしれません……もう……椰々美さんの将来が……」

まだ起きてもいないことを心配して東浜は呻く。

（まずい……あたし、なんてことをしたんだろう）

このときまた改めて、梨々子は自分がしたことの重大さが、リアルに胸に迫ってきた。

子どもの頃からそうだった。

自分のやりたいことや知りたいことを、周りがどう思うかなど気にせずに優先させてきた。

（梛々美の仕事の邪魔をしたかもしれない）

梨々子は名刺を握りしめて、必死に混乱を押さえる。

（でも、仮にもギンリンの専務だよ。ひとりのタレントに固執するわけなんてないよ）

梨々子はその考えに縋《すが》る。

男性というものを知らない梨々子だけれど、虎之進は人の弱みにつけ込むような人ではないという確信があった。

肌を合わせたときに伝わってきたのは、他人を弄《もてあそ》ぶ下心ではなかったと断言してもいい。男性は虎之進しか経験がないけれど、おそらくその勘は間違っていないはずだ。

乱暴でも独りよがりでもなく、梨々子の身体を大切にしてくれた。

カエルだって猛毒のカエルはかなりの確率で外見から違う。人間だって本当に毒のある人は触れれば絶対にわかるはずだ。

（ヤドクガエルの類なら見ただけでわかるけど、あの人はそういった毒ガエルの仲間じゃない）

人はカエルではないが、同じ生きものだ。

虎之進は「普通のいい人」ではないけれど「人を傷つける人」ではないと、梨々子は信じた。

（大丈夫。もしも、梛々美になにかあれば、あたしが絶対に責任を取る）

心の中で誓って、梨々子は東浜をしっかりとした視線で見あげた。

「ギンリンの専務さんとは個人的に連絡を取らなければいいだけだよ。東浜さん」

そういった梨々子は東浜の見ている前でもらった名刺をぐしゃっと握り潰す。

「普段のあの人がどういう人か知らないけれど、新商品を宣伝してほしくて、愛想良くしてくれたんだと思う。あの商品を作るのに、どれほど大変だったか、資金を投入したか、業界では誰でも知ってる。夏の虫ケア用品シェア獲得競争は熾烈だから、大手ギンリンとはいえ、いつ足を掬われるかわからない。だから絶対に失敗したくないんだと思うよ」

「……なるほど……そうか、そうですね」

実際にその業界に身を置いている梨々子の意見は説得力があったんだろう。

東浜はほっとしたように明るい顔になった。

「じゃあ、いろんな機会にこのCMの話をするようにしましょう」

「そうだね、それがいいよ」

梨々子は精一杯明るい顔で同意した。

＊　＊　＊

洗濯機で洗ったワイシャツを広げて、梨々子は目を凝らして襟の汚れを見つめる。

「どんな感じ？　反根さん」

「汚れは落ちていますけど……今は臭いもないですね……でも」

梨々子はワイシャツに鼻を近づけてスンスンと鼻を動かした。

「この洗剤の試作品を家でも使ってみたんですが、洗濯物が乾くと臭いが戻る感じでしょうか」

先輩スタッフの問いかけに答えながら梨々子はワイシャツを検分した。

「TAKATOのものに限らず、家庭用洗剤は泥汚れには強いけど、皮脂には弱い。特に男性は皮脂腺の発達が無駄にいいからねえ……加齢と伴に老廃物も増える。うちの旦那もそろそろきてるわ」

鼻に皺を寄せたのは四十代の既婚スタッフだ。

「とりあえず耳と首の後ろをごしごし洗えって言ってるのに、聞きやしない」

「でもそうなると洗剤が売れなくなりますよ」

朝の彼氏の体臭を堂々と口にした笹本が茶化す。

「三十代から加齢臭が始まるって言うじゃないですか、すっごい心配ですよ、ね、反根さん」

「うーん……三十代はまだじゃないかなあ……」

梨々子は虎之進のことを思い出しながら答えた。

女性とは違う匂いだったが、父親とも違った。

（あれはフェロモン？　なのかな、嗅いでいると蚊の羽化を見ているような気持ちになったもんなあ）

うっとりした目をしたのだろうか。それでなくともくりくりした笹本の目がいっそう輝く。

「おっ、その顔は、反根さんの彼は三十代でまだまだいい匂いってことですね？」

「……いい匂いっていうか、嫌な臭いではないよ。個人的にそう思うだけかもしれないけど」

「わかるぅ。好きな体臭ってありますよね。嗅いでると体温が上がる感じ？　ああいうのが、肌が合うっていうんでしょうか？　同世代でもどうしても駄目な体臭ってありますもん」

肌が合う——なるほど、と梨々子は頷く。

虎之進のことを考えると鼓動が早くなって、息が苦しいような気がする。

もう一度彼の肌の匂いを嗅いでみたいと、ときどき焦がれたように彼を思ってしまう。

あのとき東浜の前で握り潰した名刺を、本当は捨てていないのは、どういう気持ちだろうと自分でも思う。

梛々美に何か起きたときのために——というのは、言い訳だと自分でも感じている。

誰にも教えることもせず、虎之進の連絡先を持っている気持ちを、梨々子は自分でも少し持て余していた。

もう一度、彼に会えるなら会いたい。

けれど、梛々美の振りをしては嫌だ。

反根梨々子として彼に堂々と会いたい。

(だって……虎之進専務って、なんていうか、思ったよりずっといい人だったから……これ以上騙したくないんだよね。あたしが蚊の話をしても全然馬鹿にしないで、面白そうに聞いてくれた。あんな人初めてだった)

相手に誠実でいたいという思いが恋の始まりだということが、梨々子にはわからない。それでも、自分から望んで彼と過ごしたことで、何か前向きな気持ちになれた。知らなかったことをちゃんと身体で知るということは、未知のものへの無駄なおそれがなくなるということかもしれない。

先輩が産休から戻ったらまた元の部署に戻るはずだが、それまで精一杯にやろうという勇気が漲《みなぎ》っている。

(赤頭巾しか経験がなくても、CM撮りをなんとかやれたんだから、やる気になれば道は拓けるはず)

梨々子はほぼ毎日テレビで流れる〈蚊ノンベール・スーパーファイン〉のCMを撮影したときのことを思い返した。

夏真っ盛りの格好をした吉川美波の梨々子が、完璧な蚊の着ぐるみに追いかけられて、逃げ惑う。それを助ける〈蚊ノンベール・スーパーファイン〉――さすがに大手ギンリンの新商品だけあって、このCMは本当によく目にする。

二か月ほど前に自分が代役をしたそのCMを見るたびに、梨々子はなんとも言えない気持ちになるが、ＣＭは意外なことに好評だ。

――あの、〈蚊ノンベール・スーパーファイン〉の子、可愛い。

――読モ出身の吉川美波っていう子だって。少しイモだけどそこがいいかも。

――でも二十七歳って、もう可愛い年じゃねぇよ。演技も棒だし。

――棒だよな。でも蚊の着ぐるみと真剣に戦ってるところは、一生懸命で好感度あり。

――そうそう、感じいいよね。刺されてからちょっと「これ何？」っていう顔が、間抜けでぐっとくる。台詞が棒の割りには痒がるシーンはリアルなのが笑える。

無責任な批評がとびかうネット上でも概ね好意的な感想が多く、商品の売れ行きもいいらしい。

これで次のＣＭの話も来るに違いないと東浜がとても喜んでいた。

梛々美も「すごいね、梨々子。私がやるより良かったかも」と、冗談交じりで感謝された。

そのときの梛々美が少し寂しそうな表情に見えたのは気のせいだろう。

「たぶん、ビギナーズラックっていうヤツだったんだ。それにしても蚊に刺されたあと、腕を掻くまで間があるほうを編集してくれたんだ。ラッキーだな」

もしかしたら虎之進がギンリンのスタッフに相談して、そちらのパターンを勧めてくれたのかもしれない。

そうだったら嬉しい。

ＣＭが好評なのを虎之進は喜んでくれているだろうか。

日曜日の昼間、誰もいない家で梨々子はパソコンでＣＭ画像を確認しながら個人的な喜びに浸っていると、スマートフォンがチリリと鳴ってＳＮＳの到着を知らせる。

「なんだろう……蚊の飼育室で何かあったかな」

休みと言っても家でクロスワードパズルをするか、昆虫図鑑を見るのが関の山の梨々子は、それ以外でＳＮＳで連絡あることが頭に浮かばない。

「でもあたし……今は部署が違うし」

ぶつぶついいながらＳＮＳを見ると、梛々美からだった。

『今度ドラマに出るの。これから発表会見。どきどきする』

『すごい！　何のドラマ？　どんな役？』

嬉しい驚きで何度かやりとりをして、ＳＮＳが切れたあと、梨々子は梛々美とは別の意味で心臓がばくばくする。

梛々美が抜擢されたドラマは、ゴールデンタイムに放映される人気枠のドラマで、しかもヒロインの恋敵という大役だった。

口にすると駄目になりそうで黙っていたけれど、発表会見までたどり着いて安心したから知らせた、ということらしい。

ＳＮＳでは「おめでとう！　あとでお祝いしようね」と言ったものの、梨々子は内臓全体が不安でぐるぐるする。

大抜擢であることは間違いないし、ずっと東浜が願っていたステップアップへの大きな足がかりになるだろう。

問題は、そのドラマのスポンサーがギンリンだということだ。

梛々美も『梨々子に代役してもらったお陰だね。私の力じゃないかも……でもチャンスだからありがたく受ける』と言った。

もちろん梛々美には力があると梨々子は信じている。おそらく東浜だってそう思うからずっと梛々美のマネージャーをしているのだ。

だがそれを素直に口にできない理由を作った張本人は梨々子だ。

「どうしよう……まさかあのときあたしがあの虎専務と……」

自分がギンリンの専務と関係を持ったことが、梛々美の抜擢に繋がっているのだろうか。梛々美を弄ぶつもりで自分がスポンサーになっているドラマに引き込んだなどということがあり得るのか。

「まさか……そんな人に見えなかった……」

スマートな顔をしていたが、黄熱ウィルスに感染したネッタイシマカなみの性悪だったら大変だ。

「刺されたら死ぬよ……」

泣きそうになりながら梨々子は机の引き出しをひっくり返して、虎之進からもらった名刺をくしゃくしゃに破り捨てた。

それだけでどうこうできるわけではないが、とりあえず虎之進との関係の証拠品を無にしておきたい。

「神様、仏様、八百万の神様、どうか梛々美をお守りください」

ベッドに頭をくっつけて梨々子はとりあえず神頼みに走った。

何度か繰り返してようやく気持ちが少し落ち着いた頃、今度はスマートフォンが着信を告げて鳴り響いた。

ぎょっとしてスマートフォンを取り上げて、東浜からかかってきたことに驚きながら急いで耳に当てた。

「梨々子さん、ちょっとこちらに来てください！　大至急です」

何も言わないうちに飛び出した東浜の悲鳴のような声に梨々子は硬直した。


切羽詰まった声の東浜の呼び出し理由を尋ねる時間もなく、梨々子は着の身着のままで指定されたホテルへと向かった。

（まさか梛々美に何かあって代役とか？　いくら何でもライバルにまた突き落とされなんてないよね……）

理由がわからないことでとりとめもなく不安が募ってくる。

ホテルに横付けしたタクシーから梨々子が下りると、待ち構えていた東浜に飛びつくように迎えられた。

「わっ！　東浜さん、びっくりした」

「びっくりしてる場合じゃありません。梨々子さん、あなた、いったい何をしたんですか」

梨々子をロビーに引きずり込みながら、東浜は耳元で鋭く言う。

「何って、どういうこと？」

ノーアイロンのシャツにデニム、すっぴんに眼鏡という高級ホテルのロビーにおよそ似つかわしくない格好を気にする時間もない。

「ギンリンの専務の銀林虎之進氏に何を言ったんだってことですよ。梨々子さん、ふたりで食事に行ったでしょう？」

責める口調に梨々子はさすがに言い返す。

「あれはあとから追いかけて来ない東浜さんがいけないんだよ。あたしはすごく待ってたのに」

「専務さんが場所を教えてくれなかったんですよ。ちゃんと送りますからご心配なくって言って、さっさと携帯を切っちゃったんです！」

「あ、そう……」

確かに虎之進はそういうことをやりそうなタイプだと梨々子は納得してしまう。

「だから、そのとき何を言ったかって話ですよ！」

「何……って、どういうこと？　何かあったの？」

おそるおそる尋ねると東浜の柔和な目がいっそう吊り上がった。

「ドラマの発表会見の前にギンリンの専務に椰々美さんが挨拶をしたら、ドラマの役にひっかけて、とんでもないことを言われたんですよ」

「とんでもないことって？」

心臓をばくばくさせながら尋ねた。

「見た目よりずっと、男性に積極的な方ですから、ヒロインの恋敵の役はぴったりですね、楽しみにしてますよ——ってそう言ったんですよ。ものすごく思わせぶりな調子で。ふたりきりになったときに何か言いませんでしたか？」

ぼんと心臓が破裂して口から飛び出しかけたが、必死に梨々子は己を保つ。

あの虎之進がそんなオヤジ風味の思わせぶりを言うとは思わなかった。

（見損なったぞ、虎之進。虎なんて名前負けじゃないか、小物めぇ）

腹の中で八つ当たりしつつも梨々子は東浜には、何もなかったと言い張るしかない。

「普通の話をしただけだよ。ごくごく一般的な話題」

なんとか平静を装って梨々子は答えるが、東浜は疑わしい目つきを向けてくる。

「一般的な話題ってなんですか？　こう言ってはなんですが、梨々子さんは浮き世離れしてますから、あなたの常識は世間の非常識という気がしています」

「そんなことないよ、ちゃんと普通に蚊の話とか、平清盛の話とか……普通だよね？」

「平清盛って何ですか？」

「あ、それね。彼の死因は蚊が媒介するマラリアなんだよ。案外知らない人が多いから、盛り上がる——」

凄まじい顔つきで睨まれて、梨々子は言葉を呑んだ。

「どこが普通なんですか！」

小声ながらドスの利いた声で東浜が耳元で言った。

梨々子が気安く口をきいても、決して言葉を崩さない東浜だが、さすが元柔道家だけあって本当に怒ると殺気が滲む。

「……普通じゃないのかな？」

「全然普通じゃないです。いいですか、梨々子さん。よく聞いてください」

梨々子の肩を両手でがっしりと摑んで、東浜は顔を寄せた。

「梛々美さんは待望の大きな仕事を手に入れて、今が一番大切なときなんです。これからもっともっと有名になるはずです。本人だけではなく、肉親のスキャンダルは御法度なんです」

「……わ、わかってる」

芸能界にまったく興味などないが、それでも身内の醜聞が芸能活動にどれほどの打撃を与えるかぐらいは知っている。

「わかっているなら、絶対に梛々美さんの邪魔をしないでください」

東浜の眼差しは梨々子の胸を何故か切ない気持ちにさせる。

肩を摑まれながら梨々子は東浜の目を見返して、その心のうちを探った。

「東浜さんて、もしかしたら梛々美のことが好きなの？」

蚊の反応には敏感でも、他人の気持ちには鈍感な梨々子だが、不意に東浜の胸にあるものに気がつく。

ぎょっとするほど東浜の目が見ひらかれ、肩を摑む手に力がこもった。

「あたりまえです。自分が惚れてないタレントの売り込みなんてできません！　僕は、反根梛々美であり吉川美波というタレントを心から愛しています。たとえ梨々子さんといえども、梛々美さんを傷つけたら絶対に許しませんから！」

かっと見ひらいた目から炎が出そうな熱い視線で、東浜は梨々子を睨む。

「いいですね、梨々子さん。はっきり言わせていただきますが、あなたには一般常識がありません。ただの蚊オタクです、知っているのは蚊のことだけだと自覚してください」

「は、はい」

代役をさせておいて、非常識なのはどっちだという気持ちより、東浜の梛々美への迸《ほとばし》る愛情に圧倒された。

東浜はタレントの吉川美波と、そして反根梛々美というひとりの女性、その両方を深く愛しているのだとわかって、梨々子は素直に感動した。

一般常識がないと糾弾された梨々子だって、一応社会人だ。

（あ、……もしかしたら）

周囲の協力なくして仕事が成り立たないことぐらい知っている。ましてや、タレントとマネージャーという関係の大切さはどれほどのものか想像ぐらいできる。

妹にここまで肩入れをしてくれる東浜に、身内として心から感謝の気持ちを抱いた。

「僕は反根家の御両親のことは何も心配していません。とても立派な方たちです。ですから万が一、梛々美さんに傷をつけるとすれば、梨々子さん、あなただと思っています」

（鋭い……さすが百戦錬磨の柔道家。人を見る目がある）

東浜が聞いたらいっそう怒りそうな感想を抱きながらも、梨々子はひたすら頷く。

「わかった。ちゃんと身を慎みます。あたしのせいで梛々美に何かあったら、責任を取るつもりはあるから」

「絶対ですね」

いつもの優しさをかなぐり捨てて、東浜はぐいぐいと詰め寄った。

「絶対、絶対」

ちぎれるほどに梨々子は首を振った。

「ほんとに……頼みます」

絞り出すように言った東浜は、ようやく梨々子の肩を離した。

「じゃあ、僕はまだ仕事があるんで、戻ります。呼び出してすみませんでした」

最後はいつもの東浜に戻り、梨々子に頭を下げてから背中を向けた。

元柔道選手の握力で摑まれた肩がじんじんするが、これも東浜の熱意の表れだ。

梛々美を傷つけることだけはしないでいようと再び誓いながらその背中を見送った梨々子は、背後から今度は腕を強く摑まれた。

（今度は何？）

驚いて振り向くと、コバルトブルーのドレスで華やかに装った梛々美だった。

「綺麗だね、梛々美。会見は無事終わったの？」

びっくりしたとはいえ、梛々美だったことにほっとして笑いかけた。

だが梛々美はにこりともせずに、柱の陰に梨々子を引きずっていくと、声を潜めて凄んだ。

「どうしてここにいるの？」

「あ、うん、あっと」

梛々美の目が何故か怒っているようで、梨々子は少し言葉に詰まったが、正直に答える。

「……東浜さんに呼ばれたんだよ」

「どうして？」

いっそう梛々美の視線がきつくなるのに驚きながら、梨々子は当たり障りのないことを言おうとする。

「この間の件があるから、梛々美の晴れ姿を見せたかったんじゃないかな。いい役がもらえたことをすごく喜んでいたよ。……じゃあ、梛々美に会えたから、もう帰るね」

それで話を終わらせようとするが、梛々美は梨々子の手を離さなかった。

「どうして東浜さんが梨々子にそんな気を遣うの？　彼とどういう関係なの？」

「関係って……何を言ってるの、梨々子。それ、どういう意味？」

「それを私が聞きたいのよ」

梛々美とは思えないほど尖った言い方に、梨々子は返す言葉がない。

「本当に東浜さんと何を話していたの？　正直に言ってよ」

「正直にって……」

いつもの柔らかい雰囲気もなく、遠慮するともなくたたみかけてくる梛々美に梨々子は怯んでしまう。

「今、泣いてたわよね、梨々子？」

そういう梛々美のほうがよほど泣きそうに目が潤んでいる。だが哀しみより怒りのほうが強いらしく、梨々子にきつい視線をぶつける。

「え？　どうしてあたしが泣くの？」

「それを私が聞きたいのよ」

ほとんど涙声で梛々美は言葉を振り絞った。

「もう、私の邪魔をしないで、梨々子」

梛々美の目の色には冗談の欠片もなく、「何を言ってるの」と笑い飛ばせる雰囲気ではなかった。

梨々子が後ずさった分の二倍の加減で梛々美は距離を詰めてくる。

「私はずっと、梨々子の影だったわ」

震える唇を開いて彼女が切り出した言葉に、梨々子は驚く。

「小さい頃から、ずっと梨々子は自分の好きなことばっかりしていた。オタマジャクシを掬ってくるのも、カエルを飼育するのも、好きなようにやっていたわ。おとうさんもおかあさんも、梨々子のやることに協力的だったわよね」

「そんな……おかあさんはあんまり好きじゃなかったよ」

遠慮がちに答えたが椰々美は首を横に振った。

「でも結局は認めてたわ。だっておとうさんもおかあさんも、優秀な梨々子が自慢だったんだもの」

明らかな涙声に梨々子は驚くが、何も答えられない。

確かに父と母は梨々子の一風変わった好奇心に歯止めをかけることをせずに、のびのびと育ててくれた。

けれどカエルがバスルームに入り込んだときは、血相を変えて怒ったし、部屋を跳ね回ったときには「捨ててこい」とまで言った。

椰々美だって、高校時代から梨々子の倍は洋服を買ってもらっていたし、モデルになることも許された。

梨々子が昆虫図鑑を買ってもらうとき、椰々美はオートクチュールの写真集だった。

両親は娘たちの興味をそれぞれに大切に考えてくれていた。特別に自分だけが優遇されていたとは思わない。

いったいどこで梛々美は、そんなふうに思うようになったのだろう。

ただ驚くしかない梨々子に梛々美は歪んだ笑みを向ける。

「私はカエルなんて大嫌い。ふたりの部屋でカエルなんて飼われたくなかった」

「梛々美……」

「ベッドの下にカエルやキリギリスがいる部屋なんて本当に嫌だった。お友だちが花柄やチェックで統一したお部屋にしているのが、心から羨ましかったの。梨々子だけの部屋じゃないのに、どうして私ばかりが我慢しなくちゃいけないのって、何度も思ったわ」

うっすらと梛々美の目に涙が浮かび、梨々子は愕然とする。

「中学へ行っても梨々子はいつも優等生で、双子の私はごく普通。先生にまで似てないんだな、って笑われた……」

「そんなことだったら、あたしだって言われたよ。双子っていっても顔が違うね、梛々美ちゃんはすごく可愛いもんねって。たぶん梛々美が言われたのもそういう意味だと思うよ」

「それは、褒めるところがそれしかなかったからよ」

「そんなことない――」

「あるわ！」

黙り込むしかない剣幕で梛々美は梨々子に詰め寄る。

「私は梨々子みたいに頭も良くないし、カエルや蚊になんて夢中になれない。おとうさんは梨々子に結婚のことは言わないのに、私にはお嫁に行けって……私の仕事を認めてない証拠よね」

椰々美は悔しさと哀しさを押し殺すように唇を嚙んだ。

「読者モデルにスカウトされたときすごく嬉しかったわ。ようやく私を認めてくれる人が現れたんだって思った。あのときから私はこの仕事に賭けているの。梨々子が蚊に夢中になるのと同じぐらい私だって頑張っているわ」

聞いていて苦しくなるほど、切羽詰まった口調だった。

「いつも綺麗にして、言葉遣いも仕草も姿勢も、全部に神経を使って、商品としての自分の価値をあげてきたつもり。梨々子が勉強を頑張るように私は自分を綺麗にするのを頑張った。梨々子がやっていることより、価値がないなんて思われたくない」

「そんなこと誰も思ってないよ！　みんな、椰々美が自慢なんだよ。私はいつだって、仕事のことを考えて綺麗にしている椰々美をすごいって思ってるよ。プロ意識が高いんだなって感心する」

梨々子にすれば正直な気持ちだったが、椰々美は苦々しい表情をする。

「でも私が頑張って手に入れた〝綺麗〟なんて、梨々子が簡単に手に入れられるものだったのよ。……代役のこと、誰も気がつかなかった……」

それは気がつかれないように、みんなで力を合わせたから——と、いろいろな思いをぶちまけてきた椰々美には言えなかった。

もし代役がばれたら大変なことになっていたという、真っ当な理由も口にできないほど、梛々美は苦しそうだった。

「ギンリンのＣＭは、最初から最後まできちんと自分でやりたかったのに、結局梨々子に頼ってしまった」

「それは梛々美のせいじゃないよ」

「……怪我したのは私の不注意よ。今回の役だって、ギンリンのＣＭが評判を取ったからだもの……全然私の力じゃない」

自嘲する梛々美の唇が震える。

「でも、東浜さんはとても喜んでくれた。やっと私にもチャンスが来た、これからはどんどん上手く行くはずだって泣いてくれたの」

胸が詰まったように梛々美の声が揺れた。

「だから、私、自分の力で手に入れた役じゃないけれど、なんとか頑張ろうって思ったのに——東浜さんと梨々子はふたりでそんな私を笑っていたのね……」

「何を言ってるの？　そんなわけないじゃない、東浜さんはいつだって梛々美のことを一番に思ってるよ」

「梨々子にはそれがわかるんだ」

梛々美とは思えない皮肉な口調だった。

「私の大切なものを全部取っていかないで！」

　絞り出した声のひたむきな哀しさは梨々子の胸を貫く。

「結局梨々子はいつも一番いいところを持っていく……私がどんなに頑張っても梨々子には追いつけない」

　必死に涙をこらえて梛々美は梨々子を見つめた。

　梛々美が自分に対してこんな気持ちを抱いているなど、欠片も考えたことがなかった。いつだって自分が憧れる立場だと信じていた。

「梛々美……あたしは……」

　だが梛々美は梨々子の言葉を決然と遮った。

「ここは私の仕事場なの。誰にも邪魔されたくないわ。東浜さんに呼ばれても二度と来ないで」

「……うん……ごめん」

　自分だって勝手に職場に来られるのは嫌だし、ずかずかと研究室に入られたら、その人とは二度と付き合いたくないと思う。

　自分がしたことはそういうことだ。

　素直に頭を下げると、深く息を吸い込んだ梛々美は梨々子の横をすり抜け、しゃんと頭をあげてホテルの中へと戻っていった。

（家族だから、姉妹だから、双子だからって甘えていたのかな……あたしいままでどれほど梛々美を傷つけてきたのだろうか。

やり直すことのできない過去を振り返って、なんとも言えない気持ちになる梨々子は、じっとこちらを見る虎之進に気がつかなかった。

8　天敵との遭遇

こんなホテルのロビーにまったく似合わない格好の女性から虎之進は目が離せない。

（……会ったことがある気がする）

サイズの大きなシャツはてろんとした生地で、締まりがない。ボトムのデニムもくったりしていて、全体的におしゃれのために着ているというより、楽だから選んだという雰囲気だ。

黒縁の眼鏡で誤魔化されているが、口紅もしていないところを見るとたぶんノーメイクだろう。

家の中ならそれでもまったくかまわないが、都心のホテルでは場違い過ぎる。

あんな格好で、ホテルのロビーをうろつくような知り合いは、虎之進にはいない。

（でも……会ったことがある……ような気がする）

一日にたくさんの人に会う虎之進は、仕事がら人の顔と名前を覚えるのは得意だ。

たとえ名前が思い出せなくても、顔は忘れない。

（どこで会ったんだろう……？　あ……）

一瞬、忘れていた記憶がふわっと浮かび上がる。

いつだったか、ホテルの喫茶室で遭遇した男女のグループにいた女性。

――あたしの狭い世界の常識が常識じゃない。

本当に数秒見ただけだけれど、何故か印象的な眼差しと口調だった。

（リリコ……とか呼ばれていたか……そのときの彼女か？　いや、服も髪も違うし……あのときはちらっと見ただけだし……）

それに、もっと最近に見た人のような気がする。

（……どこだ？）

野暮ったい眼鏡にふと、供養祭で見かけた女性の顔がよぎった。ほんの僅かの間目があっただけだが、あのときどこかで見たような気がした。

（あの供養祭に来ていたということは、どこかの研究員のはずだが……その彼女か？）

柱にもたれて、何かを考え込んでいる彼女を、虎之進は上から下まで眺めた。あまりに記憶があやふやで、どうにもならない。

こういうタイプは虎之進の周囲にはいないはずだが、気になって仕方がない。

（俯いているからよくわからない。やはり気のせいか……でも）

記憶をフル回転させる虎之進の視線に気がつかないように、その女性が深い息を吐いて、顔をあげた。

彼女の顔が真正面を向いたとき、彼はとうとう自分の一番近い記憶と女性の顔がリンクした。

さっきまでドラマの発表会見の場にいた吉川美波とは違うが、吉川美波に間違いない。

——吉川美波だ。

（こっちが、俺の知っている、吉川美波だ）

虎之進は二時間ほど前に行われた会見をリプレイするように、思わず背後を振り返った。

＊　＊　＊

フラッシュが連続音を立て、ひな壇に並んだ役者たちがスポットライトを浴びたように光った。

ギンリンがスポンサーを務めるドラマの制作発表は、ゴールデンタイムに放送ということもあって、毎回華やかに行われる。ヒロインは今、勢いのある若手女優。相手役は有名雑誌が主宰する人気ボーイコンテスト出身のイケメン俳優。それだけでとりあえずの評判は確保されるだろうと、経営者として虎之進は華やかな記者会見に胸を撫で下ろした。

ただ心配なのは吉川美波だ。

（大丈夫なのか、彼女）

重要な役どころに抜擢されて、笑顔ながらも緊張が滲み出る美波の様子に、柄にもなく虎之進は胸の鼓動が早くなった。

こうして見ているだけでも、胸がざわついて、彼女に色気もなく迫られて応えてしまったことや、その後の彼女の理解しがたい行動を、あれこれと思い出してしまう。

（俺としたことが……何を血迷ったのか）

これまで一度も経験したことのないような勢いに押されて一夜を伴にしてしまった。そしてそのときの彼女はとても魅力的だった。素直で感じやすくて、可愛らしくて仕方がなかった。

（……身体が合うってこういうのか……）

下世話な感想ながら、虎之進は真面目にそう感じた。好きという感情より先に、肌を重ねたときの心地よさに惚れた。

（まさかこの俺が、由喜虎の言うように、虫めいた即物的な恋をしているのか？　いやいや、それはあり得ない）

身体から恋に落ちたなどと認めて、ギンリンの専務として女性に簡単に落とされるわけにはいかない。

虎之進は必死に自分を保とうとしている。

（下心がない女なんているのか？　絶対に俺は騙されないぞ。今度こそ、本音を引き出してやる。そのためにわざわざ、端役でいいからこのドラマに彼女を起用させたんだ）

自社が出資するドラマに、吉川美波を起用するように圧力をかけたことを、虎之進は苦く思い返す。

研究スタッフが自分の仕事に誇りと自信を持っているように、ドラマの制作者だって自負がある。そこに口を出すのは良くないと思いながら、吉川美波をもう一度自分の手元に引き寄せたいという欲求に抗えなかった。

追い回されることがあたりまえの虎之進は、自分を避けているような美波の態度が腑に落ちない。もちろんしたたかな女の中には、こちらから追いかけさせるという駆け引きをしてくる女性もいることはいる。

(それも違うような気がするんだが……そんなことを考えるほど、ずるがしこくない。たぶん……彼女は初めてだった)

男性慣れてしていない反応に、虎之進はそう確信している。もちろん、女性の経験の有無をあげつらうようなことはしないし、そんなことに価値を置くような若造ではない。

だが、好きでもない男に迫るにはそれなりの理由があってしかるべきだ。

それを知るまでは枕を高くして眠れない、などとじじむさく悩んでいる。

本当は彼女の常識外のひたむきさに、まいってしまった――などと口が裂けても言えないし、自分にも認められない。

素直になれない虎之進は、絶対に『吉川美波』の企みを暴く決意で制作発表の場に立ち合った。

白いドレスを着たヒロイン役の女優を立てるようにコバルトブルーの服で、きつめのメイクをした美波は、垢抜けた雰囲気で人目を惹く。

メインキャストに選ばれたのが不思議ではない華やかな雰囲気だ。

だが一目見た瞬間、虎之進は違和感を覚えた。

（……うーん……何か妙な感じだ）

具体的に指摘することはできないが、今日の美波はＣＭ撮影で会った美波とは違う気がする。

（綺麗過ぎるな……別にあのときの彼女が綺麗じゃあなかったというわけではないが、もっと、こう、素朴な感じがした）

女性の容姿を品定めしているような後味の悪さを我慢しながら、虎之進は美波の小さな仕草も見逃さない。

首を傾げる角度も、微笑みの口角のあげ方も、自然に見えるが、かなり練習したものだろう。

どの角度から撮られても、美しく見える仕草は、いつも見られていることを意識して磨かれたものだ。

もちろん、学生時代からモデルをやっているということだから、それぐらいはできて当然かもしれない。

だがＣＭ撮影のときの彼女はそうではなかった。台詞を言うときに大きく開けた口や、蚊と戦うときに足を踏ん張った格好は、モデルと言うより運動会で頑張る小学生のようだった。

（どう見てもあれは演技ではなく、素だったぞ……どういうことだ？）

緊張しながらもそつのない受け答えをする美波に、虎之進は納得いかない気持ちが膨れ上がってくる。

仕事上でわからないことは、わかる人間に聞けばいい。

それでも納得がいかなければ、とことん調べる。それで解決できなかったことはほとんどない。

が、しかし――。

この問題はそんなことで解決しない予感がする。

（話してみれば何かわかるのか……）

虎之進は会見を終えてマネージャーの東浜と話をしている美波のほうへ足を進めた。

ぱっと虎之進が来るのを見た東浜は美波の耳元で何かを囁き、頷いた美波は虎之進と視線を合わせた。

「先日はいろいろありがとうございました。銀林専務」

美波は無駄のない仕草で頭を下げる。

「この度は、うちの吉川を抜擢いただきまして、ありがとうございます。精一杯やらせていただきます」

体格のいい東浜が腰から折った完璧な礼をした。

隣の美波ももう一度頭を下げてから虎之進をまっすぐに見た。

（……目が……違う）

痩せた、肥った、髪型が変わった。そのときどきの顔つきの変化はあるが、目が表すものはよほどのことがない限り変わらない。

あのときの美波の目は無防備な好奇心に溢れ、自分を取り繕うところがどこにもなかった。ただ自分の望みを叶えようとする強引なまでのひたむきさがあった。

だが今目の前にいる彼女の目に新しい役柄に挑む相応の野心はあったが、理性的な色が濃い。

しかも虎之進を見る目はまったく他人で、一夜を一緒に過ごした相手に向けるものではない。

もちろん男でも女でも、そんなことなど毛ほども見せない人間もいるが、相当男女関係で場数を踏んでいなければ難しい。

どう考えてもあの夜の美波にはできない芸当だ。

（影武者がいるのか？）

じっと美波を見ながら虎之進はとんでもないことを考える。

だが身体がいくつもほしいくらいに忙しいスーパーアイドルならともかく、まだまだこれからの彼女にそんな必要はないだろう。

（わからない……全然わからない）

もしかしたら自分は手玉に取られているのだろうか。

この娘の慣れてなさそうな雰囲気は上辺だけで、虎之進を振り回して内心ほくそ笑んでいるのか。

大手ギンリンの遣り手専務として侮られたことのない虎之進は、プライドを傷つけられたような気がした。

「吉川さんはドラマのレギュラーは初めてでしたよね」

「はい。こんな大きな役をいただいたのは初めてです。ご期待に添えるように頑張ります」

探る視線を跳ね返すように美波は胸を張って答える。

「それは結構ですね。とりあえず何でも頑張るというのが、あなたの信条のようですから、是非そうしていただきたい」

あまりに悪びれない美波の様子に、自ずと皮肉な口調になった。

「ヒロインの恋を邪魔する肉食系のライバルというのは、吉川さんには適役かもしれません……見た目よりずっと、男性に積極的な方ですから、ヒロインの恋敵の役はぴったりですね、楽しみにしてますよ」

たっぷりと言葉に含みを持たせ、虎之進は意識して皮肉な笑みを浮かべてみせる。

その言葉と匂わせた雰囲気を察した東浜と美波の顔つきがすっと変わった。

一瞬こちらが後ずさりするような怒気が東浜から放たれて、虎之進はぎょっとする。

だがその東浜が何か言う前に、血の気の失せた顔で美波が口を開く。

「ありがとうございます、銀林専務にそう見えていたとすれば、役作りは成功ということだと思います。ドラマの成功のために精一杯肉食女子になりきるようにします」

モデルらしく形のいい笑顔を作ったが、目は笑っておらず、視線は挑みかかるようにきつかった。

隣のマネージャーも必死に感情を抑えている。

ふたりとも明らかに虎之進の品の悪い当てこすりに怒っている。

美波の怒りは本物で、いささかでも身に覚えがありそうな気配はなく、理不尽に嫌みを言われたという気持ちが痛いくらいに伝わってくる。

(……やっぱり変だ)

目の前の美波の様子に、虎之進はますます困惑を深めていった。

*　　*　　*

惑う虎之進の前に現れた、本物の「吉川美波」に彼はまっすぐに進む。

大きな柱にもたれるようにして疲れた顔で遠くを見ていた彼女が、自分のほうに近づいてくる虎之進に気づいたらしく、眉根を寄せた。

虎之進が彼女の前で足を止めると、眼鏡の奥の目がぎょっとしたように見ひらかれる。

(やっぱり――)

自分を見知っている反応をする彼女に、虎之進は確信を深めた。

「吉川美波さん？」

遠回しな探りをやめてストレートに呼びかけると、彼女はもっと目を丸くして、虎之進を見あげる。

「美波さんでしょう？　〈蚊ノンベール・スーパーファイン〉の宣伝をしている……」

「いいえっ！」

いきなり目が覚めたように、彼女は声をあげて否定をした。

「あたしは一般人です！　宣伝とか、そういうのは全然知りません！」

ぶんぶんと勢いよく首を横に振る。

「それに申し訳ないですが、あたしが愛用している虫除けスプレーはＴＡＫＡＴＯの〈アロマ蚊ベールエクセレント〉ですからっ！」

叩きつけるように言って横をすり抜けようとする彼女を、虎之進は身体をすっと動かして遮る。

「それは残念」

そう言いながら虎之進は彼女の肩の上に腕を伸ばして身体ごと前に出る。手のひらを大きな柱にぴったりとつけて、後ずさった彼女の背中を柱に押しつけた。

「是非、我が社の虫除けスプレーを使ってもらいたい……まったくつれない人だな」

虎之進は彼女の耳に唇を近づけて囁く。

「覚えてるよね……俺の……あれ……まさか忘れたとか……？」

耳たぶを噛むようにして言うと、彼女の首筋がかっと真っ赤に染まった。

(ビンゴだな)

内心に快哉を叫んだ虎之進は次の瞬間突き飛ばされた。

「覚えてません！　知りません！　あたしは、忘れました！」

そう叫んだ彼女は虎之進の隣をすり抜けて、転がるような勢いで走っていった。

「……ちょっと……」

呼び止める間もなく猛スピードで彼女は去っていき、残された虎之進は辺りの注目を浴びてしまう。

「お客さま……今のお客さまと何かございましたか？」

礼儀正しく近寄ってきたフロアボーイに彼は笑顔で首を横に振った。

「こちらが人違いをしてしまってね。騒がせて済まない」

いかにも場慣れした態度の虎之進に、フロアボーイは安心したような顔をした。

「さようでございますか。もし何か不都合がございましたらいつでもお申し付けください」

おそらくホテル側は、普段着でぼんやりしていた彼女のほうがホテルに相応しくない者だと判断したのだろう。虎之進がクレームを言わなかったことに、明らかにほっとしていた。

「いいえ、こちらこそ失礼をしたね」

上の空で返して、虎之進は彼女が消えた方向を眺める。

──覚えてません！　忘れました！

自ら堂々と墓穴を掘った彼女に逃げられてしまった。

何気ない振りでその場を離れながら虎之進は、この先どうしたものかと、思案していた。

9　災厄は突然に

昼食の焼きそばパンをかじりながら、梨々子は業界雑誌『INSECTIDE　JAPAN』を眺めた。

途中でいきなり銀林虎之進のアップ写真が飛び込んできて動揺した梨々子はばさっと雑誌を閉じた。

(びっくりした……)

写真とはいえ、虎之進の顔を見ると、一週間前、耳元でなまめかしく囁かれた声が蘇る。

――覚えてるよね……俺の……あれ……まさか忘れたとか……？

あの中音の色気の滴りそうな声を思い出すと、胸の中で小爆発が立て続けに起きて、体温が急上昇する。

梨々子を柱に押しつけて顔を近づけてきた虎之進の熱い息まで、思い出してしまう。

ついでに彼の体温や匂いまで蘇ってきて身体中が温かくなり、なんとも頼りない心持ちになって足もとがふわふわする。

(昼休みとはいえ、会社でなんて不謹慎な――これじゃあまるであたしが、虎専務ともう一度そういうふうになりたいって思ってるみたいじゃない――ばかっ。梨々子のドスケベッ！）

　自分をしかりつけて梨々子がぶんぶんと首を横に振ったとき、隣でおむすびを食べながら熱心に写真週刊誌を読んでいた笹本が顔をあげる。

「どうしたんですか？　ハエ？」

「研究棟にハエが飛んでいたら一大事でしょ。違うよ。ちょっと雑誌を見てて害虫のアップに驚いただけ」

「食事中に虫の写真が見られる昆虫ラブの反根さんが驚く害虫ってどんなのですか？」

「うん……まあ、頭の黒い虫っていうか……」

　聞きたがりの笹本を梨々子は曖昧な笑みでやり過ごして話を変える。

「それよりそういう週刊誌って何が載ってるの？　仕事の役に立つの？」

「役に立ちますよ。業界誌じゃ絶対わからない生の人間ってものがわかります。これを見てくださいよ！」

　〝じゃーん！〟と漫画のような擬音をつけて、笹本はちょうど見ていたらしいページを梨々子の前に突きつけた。

「えっ……？」

　目の前にどかんと現れた男性の顔に声が漏れる。

「……これって……ギンリンの……専務じゃない」

つい先ほど見たのと同じ顔に驚き、梨々子は指でページをつついてしまう。

「やっぱり知ってますよね。有名ですもんね。ギンリン虎一族の若き後継者銀林虎之進、って」

「……どうしてギンリンの専務がそんな週刊誌に載ってるの？」

ばくばくいう鼓動を悟られないように梨々子はさりげなく聞く。

「職権を行使したセクハラ疑惑」

「セクハラ？　まさか……」

確かに傲岸不遜《ごうがんふそん》なところはあるし、いきなり失礼なことを言う男だが、そういうことはしない気がする。

女性に不慣れというところはもちろんないが、それだけに権力や腕力で女性を思い通りにするとは思えない。あの男がその気になれば、簡単に女性を落とせるだろう。

（だって……なんていうか、あたしにもすごく優しかった……）

一度だけのあれやこれやを思い出して、梨々子はまたかっと身体が熱くなる。

初めてで、しかも今のところ最後の経験で、他人と比べることはできないが、女性の身体にも心にも思いやりのある男だったと思う。

「セクハラする人には思えないけど」

思いがつい口に出てしまうと、笹本が身を乗り出す。

「知ってるんですか？　銀林虎之進のこと？」

「いや、いや、まさか——でも、すっごい遣り手で、厳しいっていう噂は聞くけど、女性絡みの悪い噂は全然聞いたことないっていうか」

慌てて首と一緒に手を振ると、笹本が「でも」と言いながら、次のページを捲る。

「こっちに詳しく書いてあります。なんでも……えっと、ギンリン提供の連ドラのキャストに、贔屓のタレントをごり押ししたそうです」

「……ちょっと見せて」

嫌な予感に胸がざわついて梨々子は笹本から週刊誌を受け取った。

「……っ……」

そこには虎之進が女性を片手で抱き寄せている写真が上半分に掲載されていた。

（椰々美！）

ごくんと生唾を飲み込んで梨々子は写真を凝視する。モノクロなので色はわからないが、形や、髪型からドラマの制作発表のときの格好だと推察できた。

「このタレントさん、知ってます？　ほらギンリンの新商品、〈蚊ノンベール・スーパーファイン〉のＣＭタレントですよ。結構人気みたいです」

「うん……宣伝は見たことあるけど……」

歯切れの悪い返答も気にならないように笹本は面白そうに続ける。

「吉川美波っていうんですけど、記事によると、あのＣＭも虎之進専務の肝いりで、ＣＭ出演が決まったんですって」

「嘘！」

「何をそんなにむきになっているんですか？　普段は芸能ネタなんて興味ないのに」

梨々子の勢いに笹本がクスクスと笑った。

「本当は若い男女に人気抜群の中原マリンに決まっていたのを、虎専務の鶴の一声で吉川美波に変えたって書いてあります。その頃から虎之進専務と吉川美波ってべったりみたいですね。へぇって感じですよ」

――中原マリン。

椰々美を突き飛ばしたモデルの名前を聞き、梨々子は食い入るように記事に目を通す。

『株式会社ギンリンの後継者・銀林虎之進専務（三十三歳）が寵愛する、遅咲きのタレント吉川美波（二十七歳）。

虫ケア用品と言えばギンリンと言われるぐらいの大手、株式会社ギンリンの後継者に艶聞が持ち上がった。

お相手はギンリンの新商品〈蚊ノンベール・スーパーファイン〉のCMで人気急上昇中のタレント吉川美波。

ここまでだと、CMが取り持つ仲か？　と思いきやどうやらそれは違うらしい。

実は〈蚊ノンベール・スーパーファイン〉のCMオーディションにおいて満場一致で選ばれたのは、二十代の女性を中心に人気爆発の中原マリン（二十二歳）だったと言う。

それを鶴の一声で吉川美波に変えたのは、銀林虎之進、その人だ。

その後も虎之進氏は自社がスポンサーを勤めるドラマの主要キャストに、吉川を抜擢させた。

ＣＭを見ても吉川の演技力には疑問符がつく。ヒロインのライバルを演じられるほどの力があるとは到底思えない。

独身の虎之進氏が未婚のモデルと恋をするのは自由だが、あくまで個人の範囲に留める常識が求められる。これでは職権乱用、パワハラと言われても仕方があるまい。

虎之進氏は恋人の虫除けにはなるだろうが、今後の彼女の前途はなかなか多難なものになりそうだと本誌は見ている』

あまりに酷い記事に言葉が出ない。

いったい何をどう曲解したら、こんな記事になるのかわからない。

「……こういうのって嘘でもいいの？」

週刊誌を握りしめて聞く梨々子の表情が異常だったらしく、笹本がぎょっとして瞬きを繰り返した。

「嘘って……まあ、記事が出る前に事務所とかに連絡がいくらしいですよ……だからまるっきり嘘ってことはないいんじゃないですか」

その言葉に梨々子はまた打ちのめされる。

ここのところ梛々美は忙しいようで自宅に戻っていないことも多く、数日顔を合わせていない。

（まさか虎之進が無理矢理って……ある？　……）

そんな男には思えないが、ヒキガエルみたいに見た目は地味な毒ガエルだっている。

（虎之進ってヤドクガエルを装ったヒキガエルだったのか……だとしたら梛々美が危ない！）

錯乱した梨々子は焼きそばパンとスマートフォンを握ったまま立ち上がった。

「反根さん？　いきなりどうしたんですか？」

背後で驚く笹本を尻目に、廊下に出た梨々子は梛々美に電話をかけた。

普段はＳＮＳで済ませるが、今は言葉で確認したかった。

何度目かのコールで梛々美が出ると梨々子は挨拶もせずに問いかける。

「週刊誌を見たんだけど、どういうこと？」

不自然なほど間があいたあと、梛々美の声が聞こえてくる。

「私にもわからない。あの写真は確かに私だけれど、転びそうなところを銀林専務が支えてくれただけ。東浜さんも一緒に、ドラマの制作発表会のあとに食事に行った帰りのことよ。どうということもない写真なのよ」

「だったら、そういえばいいじゃない。あんな酷いこと書かれて、黙ってることないわよ。いったい誰があんなことしたのよ？　心当たりないの⁉」

「……たぶん中原マリンか……その事務所だと思うわ……CMのこと随分あちこちで恨みごとを言ってたようだし、今回私がドラマに抜擢されたことで恨みに火がついたんじゃないかしら」

「だったら、そういえばいいじゃない。一方的にやられる必要ないじゃない。突き落とされたこととかぶちまけちゃえば？」

息巻く梨々子に椰々美が黙り込んだ。

微かに聞こえてきたため息は梨々子を責めるように細く長かった。

「証拠もないのに言えるわけないでしょう？　それに怪我をしたのがばれたらCM撮影は誰がしたのかって、こちらの隠しごとも探られかねないのよ」

「あ……」

「それに、一度出てしまったものを否定するのは大変なの。銀林専務が自分から何か言ってくれれば別だけど一方的に騒げないわ。下手に何かを言って、向こうが気分を害したら困るのよ」

梨々子の世間知らずを咎めるように椰々美の口調が強くなった。

「でも……銀林の専務だって迷惑だと思うけど」

「……ドラマがヒロインの恋敵の役だから、こういう性格の悪そうな記事を書かれると視聴率があがるんじゃないかって考えているのかもしれない。それにたいしたことがないタレントと噂になったぐらいで、ギンリンの専務ともあろう人が右往左往しないわ。高みの見物じゃないの」

少し投げやりにも聞こえる口調に梨々子は慰めの言葉が出てこない。

「それにこれは私の問題だから、梨々子の気にすることじゃないわ」

「椰々美……」

本当はとても関係があるような気がするが言い出せるわけがない。しかも椰々美にしては冷たい口調が梨々子をいっそう怯ませた。

「とにかく、しばらく家には戻らないわ。ビジネスホテルに泊まることにする」

「どうして?」

「私の仕事に家族を巻き込まないのはおとうさんとの約束だもの。私は有名じゃないけれど、相手がギンリンの専務となれば話題になるから、追いかけられるかもしれないでしょ。梨々子たち家族に迷惑をかけるわけにはいかないわ――じゃあね」

きっぱりと言い切った椰々美は通話を切った。

だが梨々子はスマートフォンと焼きそばパンを握ったまま、呆然と立ちすくむ。

これはどう考えても自分が播いた種だ。

どうしようという気持ちと行動が上手く繋がらない。

「でもなんとかしないと」

そう言って梨々子は自分を叱咤した。

10　生き残りを賭けた宣戦布告

——梨々子たち家族に迷惑をかけるわけにはいかないわ。

そう言われたものの、当然のことながら気になって仕方がない。

翌日から梨々子はネットで「吉川美波」の評判を調べまくった。

——イモ臭い見た目と違ってビッチ？

——身体で仕事取ったんだとわかって、なんだかがっかり。

——いいじゃん、俺はありだと思う。芸能界ってそういうとこじゃね？

——でも、一番かわいそうなのは中原マリンだろ？

「何がかわいそうなのよ！　かわいそうなのは梛々美なんだよっ！」

スマートフォンをスワイプする指が怒りのあまりぶるぶると震え、こめかみの血管が膨張する。

梛々美の戻らない家はがらんとして空気がひんやりとしている。

両親は梛々美のスキャンダル記事のことは一切口にしない。

見た目だけは華やかで、その実、厳しい世界で働く娘のことを気にかけていないはずはない。きっと気を揉んでいるのだろうが、榧々美がひとりで頑張っている間は、信用して任せるつもりなのだろう。

（おとうさんもおかあさんもちゃんと、榧々美を信用しているんだよ。榧々美の仕事を軽んじてるなんてないから）

――私はこの仕事に賭けているの。梨々子が蚊に夢中になるのと同じぐらい私だって頑張っているわ。

――全部に神経を使って、商品としての自分の価値をあげてきたつもり。梨々子がやっていることより、価値がないなんて思われたくない。

振り絞るような榧々美の本音が梨々子の胸を何度でも苦しくする。

「ごめん、榧々美。ほんとに、ほんとにごめん」

梨々子はいない妹に向かって声に出して詫びる。

「絶対なんとかするよ。だって東浜さんに約束したのを忘れてないよ」

――あたしのせいで榧々美に何かあったら、責任を取るつもりはあるから。

東浜が梨々子を大切に思うのと同じぐらい、自分だってずっと昔から一緒にいる榧々美を大切に思っている。

「大丈夫、榧々美。今度こそちゃんとやるよ！」

部屋の真ん中で仁王立ちした梨々子は、拳を突き上げた。

翌日梨々子は定時きっかりに職場を出た。

「デートですか？　反根さん」

目を輝かせた笹本に梨々子は首を横に振った。

「デートっていうより、出入り」

「出入り？」

「何……危ないところ？」

聞いていたスタッフ全員がおのおの驚きの声をあげたが、梨々子はそのまま決然と会社を出た。

向かう先は、もちろん株式会社ギンリン、本丸は銀林虎之進専務だ。

昨晩の高揚感をそのままにして、梨々子はギンリンのビルの前に立った。

（でかい……さすがにこれは……）

勢いできたものの、伝手《つて》もないのに専務に会えるわけがない。

ロビーの案内板を見ても、上の階に役員室があることしかわからない。

こうなると虎之進からもらった名刺を捨てたことが悔やまれる。

（あたしっていつも後先を考えなさ過ぎる）

何度失敗しても学習しない自分にうんざりするが、とにかく今は後悔するよりやることがある。

梨々子はビルに入り受け付けに突進して、受付嬢が何かを言う前に一気にまくし立てる。

「反根梨々子と申しますが、銀林虎之進専務にお取り次ぎをお願いします。あたしは、吉川美波の関係者です。そう言っていただければ絶対にわかりますから、お願いします！」

「お待ちください」

かなり引きぎみにそう言った受付嬢は、手元のノートパソコンをぱぱっと操作する。

訪問者やアポイントの管理をしているのだろう、微かに眉を寄せてから彼女は顔をあげた。

「ソリネさま……お約束はしてないようですが」

「取り次いでください。そうしたら絶対に会っていただけるはずです」

梨々子はカウンター越しに受付嬢に詰め寄る。

「反根……えっと、〈蚊ノンベール・スーパーファイン〉のＣＭのときにお会いしたと言っていただければ、絶対に会ってもらえるはずです！」

まくし立てる梨々子は逆に怪しく見えたのだろう。

彼女の笑みが距離を置いたものに変わる。

「申し訳ありませんが、専務はお約束をした方以外はお会いになりません。お引き取りください」

これ以上は何も聞かないという、形ばかりの笑顔にも負けずに梨々子が更に訴えようとしたとき、背後から声がかかった。

「お客さま、何かお困りでしょうか？」

ぱっと振り返ると、胸にエンブレムのついた制服姿の警備員だった。

「あ……」

「出口はあちらでございます。右手に行くと地下鉄の駅がございます」

白手袋を嵌めた手でにこやかに出口を示す。

これ以上ここで何かを頼んだら、次は警備員の事務所に連れて行かれるだろう。

「……ありがとうございます」

一旦引いた梨々子は、言われたままに出口へと向かう。

（諦めるわけにはいかないんだよ）

背中に視線を感じながら、梨々子は外に出て、ビルの角を曲がって駅へ向かう振りをしてから、足を止める。

「待つしかない」

梨々子は足を止めて、そうっとビルの出入り口を覗いた。

（案内板に地下駐車場って記載がなかったから、きっと専務専用の車両が別の場所からくるはず。ってことは当然正面玄関から出入りする。……とにかく待てば会えるよね）

自分に言い聞かせた梨々子がスマートフォンで誰かと連絡を取る振りをして見張ること一時間後、黒塗りの車両が正面玄関にすーっと停まると、目当ての人が幸運にもひとりで現れた。

（きたっ！　虎専務）

そう思ったと同時に梨々子は駆け出して虎之進の上着を摑んだ。

「話があります！　聞いてください」

ぎょっとした顔で見下ろしてきた虎之進は、梨々子の顔を認めるとふっと顔つきを戻した。

「ちょっと、君、さっきの人だね、何をやっているんだ。——すみません、銀林専務」

梨々子を虎之進からひきはがそうと手を伸ばした警備員を虎之進が軽く腕で押さえた。

「専務？」

「知り合いだ。迷惑をかけてすまない。ちょっと変わった人だが、たぶん無害だ」

苦笑いをした虎之進に納得した顔で頭を下げた警備員はビルの中に戻っていった。

「あ、あの、あたしですね。反——」

「どうやら俺のことを思い出してくれたらしいな」

そう言った虎之進は、梨々子の腕を取ると横付けされていた車に、彼女を押し込んだ。

「自分の会社の前で私的な話をするほど、恥知らずじゃないんでね」

「はぁ……すみません」

虎之進の隣で梨々子はおとなしく身を縮めて、車の揺れに身を任せた。

十五分ほどすると、車は静かな佇まいの中層マンションの前に停まる。

「銀林さんのご自宅ですか？」

ヒルズ族かと思ったらそうでもなかったことに少し驚くが、虎之進はあっさりと首を横に振る。

「会社の持ち物で、仕事が長引くときに家族で使い回しているんだ。身内が一緒に働いているんでね」

「ああ、ご兄弟はギンリンの研究員でしたよね」

「俺を知らない振りをしたわりには、よくご存じだな」

少し皮肉な口調ながら怒りはなく、虎之進は最上階の部屋に梨々子を伴った。

使い回しているというだけあって、私物のようなものは見当たらずビジネスホテルのような最低限の家具しかないが、寝室が別にあり、すっきりと清潔な部屋だった。

「さてと、君の話を聞こうか？」

上着をソファの背にかけてから腰を下ろし、虎之進はネクタイを緩めて、梨々子を促した。

「お時間を取ってくださってありがとうございます。銀林専務。あたしは反根梨々子と言います。反省の反に根っこの根、梨々子の〝り〟は梨《なし》と書きます」

「反根梨々子……」

反芻した虎之進に梨々子は「はい、そうです」ともう一度言う。

「今日は妹のことでお願いにきました」

「妹？」

「はい。吉川美波。吉川美波というのは芸名で、本名は反根椰々美というんです。あたしの双子の妹です」

「え……？」

上から下まで梨々子を見て、顔をしかめた虎之進は向かい側の椅子に座るように手で合図した。

「あ……では。お言葉に甘えます」

デニムの膝を揃えて座った梨々子は、一度虎之進に礼をしてから大きく息を吸い込んで、吐く勢いで声を出す。

「銀林さんと一晩一緒に過ごしたのは、あたしです」

軽く眉をあげた虎之進に梨々子はもう一度言う。

「あなたに迫って、一晩一緒に寝てもらったのは、あたしなんです。吉川美波ではありません！」

「なるほど……と言いたいところだが、俺は吉川美波のＣＭ撮りに立ち合い、その彼女と過ごしたつもりだ。どこで吉川美波と君が入れ替わったんだ？」

「それがですね……」

話せば長くなるが、話さなければどうしようもない。

梨々子は、ＣＭオーディション後のライバルの妨害による椰々美の怪我、そして自分が代役を務めることになった経緯を順々に解き明かした。

「ですから、銀林さんと梛々美は何の関係もないんです。あの週刊誌の記事を銀林さんのほうから否定していただきたいんです」

「ちょっと待て――つまり、〈蚊ノンベール・スーパーファイン〉のCMに出ているのは、吉川美波の振りをした君ということか」

顔をしかめながらも虎之進は、静かに聞く。

とりあえず怒鳴られなかったことにほっとして、梨々子は「はい」と頷く。

「いくら双子でも大胆なことをしたな。仕事を舐めているとしか思えない」

眉をひそめた虎之進の言葉に梨々子はぎゅっと心臓が痛くなる。

確かに成功したから良かったようなものの、上手くいかなかったら、梛々美だけではなくギンリンの製品自体を駄目にしかねなかった。

「すみません。本当にすみません。でも、梛々美はこの仕事に賭けていたんです。なんとか成果を出したいって毎日毎日、努力していました。ライバルの汚い手に負けたくなかったんです。その気持ちはわかってください！　お願いします！　あたしもあのとき、梛々美になりきってやりました、本当です！」

「本当ですか……では、試してみよう」

やおら立ち上がった虎之進は梨々子の腕を取って、身体を引き上げた。

「あ……？」

「口では何とでも言えるが、身体は嘘をつけない。君の言うことが本当かどうかその身体に尋ねたい」

「……え……っと……」

「俺には君の言ったことの真偽を確かめる権利があるんじゃないのか？」

強い瞳に射すくめられながら梨々子はようやっと頷く。

唇の端だけで笑った虎之進は梨々子を抱え上げて、奥の寝室の扉を足で蹴り開けた。

「では、存分に」

ためらいなくベッドの上に梨々子をぽんとのせて、虎之進はワイシャツを脱いだ。

「今日はこんなものに気を取られるのはやめてくれ」

にやっと笑った虎之進はワイシャツを遠くに放り投げて、ベッドに膝乗りをした。そして梨々子の顔から眼鏡をはずし、傍らのサイドテーブルに置く。

「君の普段はこういう格好なのか？」

ノーアイロンのてろんとしたシャツのボタンを外しながら聞かれて、梨々子は頷く。

「この間は随分頑張っていたんだな」

「美人の妹の代役だったので頑張りました」

服を脱がされながら梨々子は答える。

「中身が同じなら俺は特別に美人じゃなくてもいいが」

何がおかしいのかクスクス笑いながら、虎之進は梨々子の服を次々に脱がせていく。

デニムも脱がされて、下着にまで手がかかると、梨々子はぱっと彼の手を押さえた。

「ちょっと……あの、暗くしてくれませんか？」

「君は蚊に詳しいようだが、たとえばの話、暗闇で蚊の生態を観察できるのか？　何かを確かめるときは明るいところでやるのが当然だろう」

なるほどそれもそうか——妙な理屈で納得した梨々子は恥ずかしいのをこらえて目を閉じた。

洋服を全部脱がされるとシーツがとても冷たく感じられて、肌が粟立った。

「寒いか？」

虎之進の手が梨々子の肌をゆっくりと撫でる。

「ん……」

温かい手に喉から、鎖骨、乳房を温められていく感触に、梨々子の肌は別の意味でぞくぞくとした。

優しい手の動きが胸の上で止まると、柔らかく乳房を握る。

「ふ……」

手のひらの窪みに乳首が当たり、ツンと尖ってきた。

腹の辺りに甘い感覚が広がると、この前の夜のことを思い出す。

（……よく覚えてないけど……すごく優しかった……）

尖った乳首を指の間に挟んで刺激しながら覆い被さった虎之進が唇を合わせてきた。

「ん——」

重なった唇に一瞬驚いたが、舌先で促されて梨々子は唇を開く。

舌が入り込み口中の粘膜を舐めて、歯茎を探る。

「ふ……」

苦しくて虎之進の舌を押し返すように舌を絡めると、そのまま強く吸い上げられて、頭の芯が痺れた。

その間も彼の手は乳首を微妙な強弱をつけて刺激し、小さなそこは硬く立ち上がった。

「ん――ぁ……」

口の中を熱く掻き回されて頭がじんじんとし、張り詰めた乳房の疼きは下腹へと伝わって、秘裂を濡らした。

「ぁ……ふ……」

(この間……どうしたんだっけ)

うっすらとした記憶に促されて彼女は虎之進の肩に両手をかけた。

「それでいい……」

僅かに唇を離して言われた言葉に梨々子は安堵する。

この人には何故か安心して任せられる。

頭より肌が納得する感覚に従って、梨々子は自ら彼を引き寄せた。

長い指が腰骨をくすぐったあと、脚の間に長い指が入り込んだときも息を詰めただけで、抵抗はしなかった。

褒めるみたいに頬に唇をつけた虎之進が、梨々子の奥で指を動かす。

「ふ……ぁ……」

指先がふっくらとして秘裂を割って指が蠢く。

熱い舌がぬるぬると喉の窪みを舐めて、同じ動きで指が秘裂の間の快楽の珠を撫でた。

「ん……ぁ……あ……」

蜜口から熱湯が注ぎ込まれ、身体中の血が沸騰する。

その感覚に溺れるように梨々子は自分から脚を開いて、腰を浮かせた。

タイミングを見計らったように虎之進の指が蜜口に差し入れられた。

「っん――」

一瞬ずくんとした圧痛に呻く梨々子の乳房を濡れた唇が咥えて、舌先が乳首を弾いた。

「ぁ……」

蜜口の緊張が解けて、身体の奥に甘い痺れが戻ってきた。

舌先で乳首を転がされて、身体の中に入った指が濡れた壁を軽く叩く。それだけでも全身が痺れるのに、虎之進は親指で珊瑚珠を擦り始めた。

「あ――や……駄目――そんなことしたら駄目――」

脳髄まで焼き切れる刺激に梨々子は首を横に振って、訴えた。

「駄目なわけがない。君はこの間もこうやって達ったんだから」

笑いを含んだ声が胸元から聞こえてきて、梨々子は羞恥に身体が爆発しそうに熱くなる。

「それを知っているのは俺だけだ。君だって本当は覚えてないだろう？　――だから確かめてるんだ」

そう言われると梨々子は涙目で彼を睨むしかできない。

「君の感じるところは、この間でわかった。それを確認しているだけだぞ」

「……意地悪なんだ……」

こんな格好で言ってもまったく効果がないどころか、相手を煽るだけだと梨々子にはわからない。

「意地悪っていうのは、こういうのを言うんだ。君はもの知らずだな」

そう言った虎之進はずるっと蜜口から指を抜くと、彼女の身体を返した。

すかさず腰を持ち上げられて、梨々子はベッドに四つん這いにされる。

「え？　ちょっと……何、これ」

背後を振り向く梨々子に虎之進が唇だけで笑ってみせる。

「こっちのほうがきっと君はいいと思う。君の性感帯はこちら側に集まっているらしいのを、この間発見した」

背後から梨々子を抱き締めた虎之進が左手を乳房に回して、ぎゅっと握る。

「はぁ……」

分析するように言われると、そういうものなのかもしれないと思い、梨々子は逆らうの

「嘘――」

をやめて、おずおずと尋ねる。

「……そういうものでしょうか？」

「そういうものだ。俺は自分だけ満足する小僧じゃない。任せろ」

自信たっぷりに宣言した虎之進が梨々子の尻の間から右手を入れて秘裂を割った。

「あ――」

前から弄られていた場所が、後ろから撫でられるだけで、背中に走る感覚がまるで違った。

乳房を捏ねられて、膨れ上がった珊瑚の珠を指の腹で摘まれる。

身体中の血がそこに集まったように、感覚が鋭敏になり、四肢の先まで震える。

「う……ぁ……うふ……ぁ」

呻き声が獣めくが、抑えられない。

蜜口からしたたり落ちる露が内腿を伝わって、シーツまで濡らす。

「どうだ？　いいだろう？」

「……知りません」

耳元で茶化すように囁く声に、梨々子は首を横に振った。

「この間はもっと素直だったのにな……君はやっぱり別人か？」

きゅっと耳を噛んだ虎之進が、うなじを唇でたどり、背中に唇を当てる。

こんなに背中が敏感なものなのかと思うほど、唇が当てられた場所がかっと熱くなった。

「綺麗な背中だな」

丁寧にキスを落としながら、虎之進が呟いた。

彼の息が吹きかかるだけでぞくぞくして、梨々子は答えることなんてできない。

必死に耐えている間に、虎之進の唇は背中から腰へと下りていく。

「……あ……」

この先に待っていることを予感して、梨々子は小さな声をあげた。

「……や……」

小さく首を振る梨々子にかまわずに、彼の唇は滑らかな尻までたどり着いた。

「駄目——」

そういったときにはもう遅く、両手でぐいっと尻を左右に開いた虎之進が、背後から広げた秘裂に舌を伸ばした。

「あ——嫌だ——こんなの……」

背中を仰け反らせたが逃れることはできず、尖らせた舌先が滴る蜜を舐めて、珊瑚珠をつついた。

「あ……ぁ……ふわ……やだ……ぁ」

顔をシーツに押しつけ、尻を高くあげたまま梨々子は自分を翻弄する感覚に耐える。

下腹に溜まっていく熱がどんどん膨らんで胸までいっぱいになり、喉から熱が吹き出てくる。

「や……もう……駄目……」

このままいったらわけがわからなくなって、天地がひっくり返りそうだ。

「嫌だ……意地悪しないで――気持ちがよすぎるから、もうやめて――」

鳴き声で訴えると、ふわっと背中から抱き締められた。

「最初からそう言えばいいのに。お馬鹿さん。セックスのとき以外はストレートに何でも言うくせに」

からかいは、身体中が弛緩しそうなほど甘く優しい。

「痛かったら言いなさい」

ボトムを手早く寛げながら告げた虎之進が、梨々子の肩越しに、虎之進がサイドテーブルから避妊具を取り出すのを、梨々子はとろんとした目で追った。

「あ……用意がいい……」

「男兄弟専用の寝室だからいろいろ事情がある……君の探求心は認めるけれど、こういうのはまじまじ見ないのがマナーだ」

軽く窘めた虎之進は、蕩けた蜜口に避妊具をつけた雄を押し当てた。

「ん――」

身体に緊張が走ると首筋にキスが落ちる。

「息を吐いて、力を抜いて」

素直に息を吐くと、ぐっと嵩の広い雄が入り込んだ。

「はぁ……ん」

ぐぐっと蜜道を広げて、熱の塊が入り込む。

最初に覚えた違和感は、徐々に甘ったるい痺れに変わり、梨々子は吐息を漏らした。

「大丈夫？」

背後からの宥めるような声に梨々子は頷く。

梨々子の髪にキスをした虎之進が、ぐいっと奥まで己の雄を穿ち入れた。

「あ——ぁ……」

背中を反らして受け止めて衝撃を逃がしながら、梨々子は息を吐いた。

「覚えがいいいな。二度目とは思えない……君の身体は、非常にいいいな……俺限定かもしれないが」

耳元で聞こえる声が梨々子の身体から苦痛を取り去り、快楽にすり替える。

身体の中にすっかり熱い雄を受け入れると、彼の片手が乳房を掴む。

「ん——ぁふ……」

「動くよ」

頭が痺れたまま頷くと、ゆっくりと彼が腰を動かし始めた。

蜜壁を嵩に擦られる圧痛に梨々子が呻くと、乳首を愛撫されて、痛みが消えていく。

「ぁ……はぁ……」

徐々に身体に馴染んでいく蜜壁で虎之進の雄の形をはっきりと感じた。

腰を自分から持ち上げて、彼を味わうように蜜口を絞った。

「ん――」

低く呻く声が耳元で聞こえて、梨々子の身体に喜びが走った。

自分の身体でこの人を喜ばせることができると思うと、何故かとても嬉しい。

もう一度蜜口を引き絞ると、虎之進のもう片方の手が背後から秘裂に触れた。

「あ――」

指先で珊瑚珠を擦られると、意識をしなくても蜜口がきゅうと締まった。

蜜壁が身体の中の雄を包み込み、蠢く。

「ぁ……ん……ふ……」

虎之進が梨々子の蜜壁をぐいぐいと硬い雄と高い嵩で抉る。

身体ごと揺れるほど奥を突かれて、梨々子は頭の中がぐしゃぐしゃになった。

「は……あ……ん」

蜜道を激しく突き上げられて、乳房を強く握り潰される。

こすれ合う粘膜の水音が部屋中に降り積もり、甘さの密度をあげた。

激しく律動を繰り返す虎之進の汗が背中に落ちて、それさえも刺激になって梨々子を喘がせた。

「あ――駄目……ぁ……もう……駄目」

顔を押しつけ、両手でシーツを握りしめた梨々子は羞恥も消え、腰を高くあげて声を漏らし続ける。

嵩が奥に入り込み、蜜口までぎりぎり引き抜かれるたびに自分から腰を動かして、その熱を追いかけた。

「ふ……あ……」

身体中の感覚が蜜壁に集まり、虎之進の雄を味わった。

「梨々子――く……」

徐々に虎之進の声に余裕がなくなり、動きがいっそう早まった。

「もう……駄目……」

梨々子自身も全ての感覚が熱く熱を持ち焼き切れそうになっていた。

「あ――う……ぁ」

指先できゅうと珊瑚珠を捻られて、梨々子は押し寄せる激しい快楽の波に押し上げられるようにシーツを噛んで声をあげた。

蠢いた蜜壁が埋められた雄を締め付けると、その襞を押し返すように雄が膨れ上がった。同時に梨々子の身体の中の熱が爆発する予兆が押し寄せてくる。

「達く……ぁ……もう……」

「――ああ……いいぞ……達け」

呻いた虎之進が腰を思い切り打ちつけた瞬間、梨々子の熱が爆発する。

「あ――ぁ――や……ん……ぁ」

子どものような意味のない声をあげて、梨々子は全身で激しく痙攣した。

蜜壁でねっとりと包み込んだ彼の雄が熱を吐き出したことを感じる前に、あまりの快楽に梨々子の意識は短い闇に沈んでいった。


まだ熱の引かない梨々子の身体を抱き寄せて、虎之進は耳元に唇を当てた。

「確かに、あのとき抱いたのは君だな」

「……わかってもらえましたか？」

掠れた声で聞くと虎之進は喉声で笑った。

「あの彼女が、ドラマの制作発表にいた吉川美波じゃないことはわかっていた。身体の感じが違っていたからな」

「まさか、あなた、梛々美に何かしたんですか！　週刊誌に出ていたことはまさか、本当なんですか！」

裸のままがばっと起き上がったが、虎之進は苦笑して梨々子を引き寄せた。

「あの写真は、彼女が躓いたのを支えた瞬間で、それ以上は何もない。もっとも、彼女を必要以上に抱き締めたことは認める」

「どうしてそんなことを……？」

もう一度起きようとする梨々子は彼の腕に強く拘束される。

「ＣＭのときの彼女と、そのときの彼女が違って見えたんだ。話して見ると違和感はいっそう募った。だから身体に触れてみればわかるかなと思っただけだ。君たち姉妹がやったことよりは罪がない」

「……それはそうかもしれませんが……あの、話したときの違和感って何ですか？」

腕の中でもぞもぞしながら梨々子は虎之進の顔を見あげる。

「君の妹はほとんど蚊の知識がなかった。平清盛のマラリア説も知らなかったぞ」

「あ……そうか……」

椰々美にそこまで伝達していなかった自分の甘さに梨々子は呻く。

「君は普段何をしているんだ？　まさかタレントの卵じゃないだろう」

「……研究員です」

「なるほど……やっぱりね」

「やっぱりってどういうことですか？」

「俺は撮影の前にも、君に二度会っているんだよ。会うたびに違うのでわからなかっただけだ……まったく」

虎之進は、自分の間抜け振りを嗤うように肩をすくめる。

「一度目はホテルの喫茶室だ。君は結婚祝いの帰りだった」

「あ……そうだったんですか？」

「そうだ。あのときの君はわりとましな格好をしていた」

「はあ……まあ一応……社会的な擬態みたいなものです……で、二度目って？」

「虫の供養祭だ。いただろう？」

「あ……気がついていたんですか？」

一瞬目があっただけなのに覚えていたことに驚いたが、虎之進は渋面で「今、気がついた。ダサイ眼鏡が同じだ。女性であのタイプの眼鏡は珍しい」とぶっきらぼうに言った。

「…で、何の研究員なんだ？」

言葉を濁したが当然のように指摘されて梨々子はしぶしぶと答える。

「……今は洗剤部門ですが、以前は虫ケア用品の開発室で蚊の生態研究を担当していました」

男の肌に包まれながら言うことだろうかという思いが頭をよぎるが、蚊のことを考えると少し動悸が収まる。

「どこの？　洗剤ということはうちじゃないな……ギンリンでは洗剤は扱っていない」

「……ＴＡＫＡＴＯです」

消え入るような声で言うと、虎之進が深いため息をついた。

「ライバル会社に勤務とは恐れ入った。君は本当にいい度胸をしている」

呆れたように虎之進の腕の力が抜けて、彼はごろりと体勢を変えて天井を見あげた。

「タレントの卵でもない、研究員の君が何故俺に迫ったんだ？　好奇心か？　まさか産業スパイか？」

半身を起こして、梨々子は遠慮しながら上掛けで胸を隠した。

「違います。産業スパイをするなら、虎之進さんじゃなくて研究員のご兄弟に迫ります」

律儀にそう言った梨々子に何がおかしいのか、虎之進の頬がぴくぴくと引きつる。

「じゃあ、どうして？」

「あのときも言いましたけど、男性の匂いを知りたかったんです」

「あれは本当だったのか……でその変態行為の理由はなんだ？」

「男性の起き抜けの匂いを知りたかったんです。洗剤部門では実体験に基づく知識が必要だと実感したのですが、なかなかいい機会がなかったんです。銀林さんがプレゼントをあげるとおっしゃったので、チャンスだと思いお願いしました。あれ以上何かをしてもらおうという下心は誓ってありませんでした」

「なるほど」

上を向いたまま視線だけを梨々子に注いだ。

「それだけで君は初めてあった男に処女をくれたわけだ」

「しょ、処女っていうか……あ」

「初めてだったろう？」

あっさりと言われて梨々子は仕方なく頷いた。

「で、でもあたしはもう二十七ですし、そういうことを大切にする年齢では――」

「年齢は関係ない。もちろん処女でもそうでなくてもどうでもいいが、女性は自分の身体を大切に考えるべきだな。実験に必要だからとぽんぽん使うな」

「……はぁ……」

今更そう言われてもどうしようもないし、申し出を受けたのはそちらではないか、と言いたい。

「君は、ただ実験のために俺と寝たのか？」

そう聞かれて、梨々子は胸の奥が疼いた。

そうだ——とは言えない思いが確かに身体の奥にある。

「……銀林さんはたぶんヤドクガエルじゃないと思ったからです」

「ヤドクガエル？」

「はい。ぱっと見人目を惹くけれど、毒があるカエルです。銀林さんにはそういう感じは全然しませんでした。あたし、男性を見る目はないですが、カエルを見る目に自信があるんです」

「それはどうも」

笑っているのか怒っているのか判然としない微妙な震え声だった。

「でも、着ぐるみを作り変えてくれる約束をしてくれたときに、すごくいい人だなと思ったんです。あたしの言うことをあんなに真剣に聞いてくれるなんて、今まで仕事の仲間しかいませんでしたから」

梨々子は虎之進のほうに身体を向けて、熱を込めた口調で続ける。

「小さい頃からずっと、あたしは変わった子と言われてきました。他の子と好きなものが違うし、虫のことで頭がいっぱいで母も手を焼いていました。でもあなたはそんなあたしの常識を受け入れてくれた。すごく嬉しかったんです」

唇だけで微かに笑った虎之進が梨々子の身体を引き寄せた。

「まあ、それも君らしい」

「じゃあ、あの、写真のこと、公に説明してくれますか？」

すぐには返事をしない虎之進に慌てて、梨々子はもう一度言う。

「あたし、今、ちゃんと全部説明しました。だからあなたも椰々美とは関係ないと、マスコミに説明してください。このままだと椰々美がずるいことをして、ドラマやCMに出たと言われ続けてしまいます」

「君は……お人好しか、馬鹿なのか？」

「……どっちもでありませんけど。たぶんですが」

むっとして言い返す唇を、ふんと鼻を鳴らしながら半身を起こした虎之進が軽く捻った。

「君の妹は君に代役をさせて、その責任まで君に取らせるんだ。もともとは妹の責任だろう？　代役を立てると決めたことは、君の妹の責任だ。それによって引きおこされることは彼女が責任を取る義務がある」

いかにも経営に携わっているらしい虎之進の意見だったが、梨々子は従えなかった。

「銀林さんの言うことは間違っていないと思います。でも、あたしと椰々美の間にはそういうふうに割り切れないものがあるんです。いいときも悪いときもずっと一緒にいましたから。彼女があたしにしてくれたように、今はあたしにできることは全部してあげたいです」

胸を隠したまま梨々子は虎之進に頭を下げた。

「この件を収めるために君の名前を出すかもしれないぞ。それで今度は君が不利な状況になってもいいのか？」

「かまいません。あたしが変なことをお願いしなければ、こんなことにはならなかったんですから。やっぱりあたしの責任です」

きっぱりと言った梨々子の肩を虎之進は引き寄せた。

「いい度胸だな。悪くない」

そう言った虎之進は梨々子をそのままベッドに押し倒した。

「あの……？」

「気に入った。もう一度しよう」

「……えっと……」

瞬きをして考えているうちに、虎之進の指が梨々子の脚の間にするりと忍び込んだ。

「あ……」

まだ濡れていたそこは、すぐに指の動きに反応し始めて、梨々子は虎之進の肩をぎゅっと握って声をこらえた。

11　恋へ羽化する（♀／♂）

わざわざ記者会見を開く必要はないし、大げさに言い訳をしてマスコミを喜ばせる必要もない。こっちは芸能人ではないのだから、こういうことはごくさりげなく、聞かれたから答えたというのが一番いい。

虎之進はスポンサーとして懇意にしているテレビ局のワイドショーに取材をさせることにした。

もちろん、あくまで偶然を装ってだが――。

レポーターが来たという知らせを秘書から受けて、虎之進はネクタイを整えておもむろに専務室を出る。

「行ってらっしゃいませ、専務」

頭を下げる男性秘書に虎之進は軽く頷く。

「適当な時間に呼びに来てくれ。そう長く話す義理はない」

「かしこまりました」

きちんと頭を下げた秘書に見送られて虎之進はテレビカメラとレポーターが待つビルの

正面入り口へと向かった。

　虎之進が自動ドアを出ると、すぐに記者が寄ってきてマイクを突きつけた。

「ＧＲＥＥＭ・ＴＶの『虹色ひるタイム』のものですが。銀林虎之進専務ですよね。……今、噂になっている件でお話をうかがいたいのですが」

　微かに顔をしかめて見せてから、虎之進は足を止めて女性レポーターに向き合った。

「吉川美波さんとはどういうご関係でしょうか？」

　一応腹は決まっているが、他人にあれこれ聞かれるのはやはり気分のいいものではない。

「どういう……とは？」

「お付き合いしているというのは本当ですか？」

「いいえ。していません」

　いやらしくカメラ目線にならないように、レポーターの顔を見つめたままずばっと切り込む。爆弾は最初に落とすほうが効果的だ。

「私が付き合っているのは吉川美波さんのお姉さんです」

　えっ――と言ったのは口の形だけで声にならずに、レポーターもカメラを抱えたスタッフも目を丸くして虎之進を見つめる。

「ですが、そのことと吉川美波さんが我が社のＣＭキャラクターであることはまったく関係ありません。私が彼女のお姉さんに会ったのは、吉川さんがＣＭキャラクターに抜擢されたあとです」

「そうなんですか？」

上目遣いの視線には品の悪い好奇心と疑惑があるが、虎之進は跳ね返すように彼女の目を見返す。

「こればかりは信じていただくしかありませんが、本当のことです。あとから襤褸が出るような嘘をつくつもりはありません」

「――ですが――そこまで聞いたら、何か便宜を図っていると考えるほうが普通ではないですか？」

レポーターも体勢を立て直して切り返してきた。

「後ろ暗いところがないから正直に申し上げているんです」

虎之進は堂々と胸を張る。

（本当のことを言えば、なんでも通じると思っているお馬鹿さんを見習ってみようか……無心に頑張るっていうのも一つの手だろう）

「ですがCMはもともと他の方が決まっていたのを、銀林専務が吉川さんに変更させたという話があるんですが、それについてはどうなんでしょうか？」

「最終オーディションで吉川さんともうひとりが残り、私が吉川さんを推したのは本当です。ですが、それは吉川さんが、株式会社ギンリンが単なる虫ケア用品を売る会社ではないと、言ってくれたからです。生活の質を高めることが本来の目的であるという、我が社の社会的意義を理解してくださっていたからです。私どもは商品の宣伝をしてくださる方もある意味で、我が社の社員だと考えています。会社のことをよくわかっている方に関わってもらいたいと思うのは当然のことではないでしょうか」

プレゼンをするときのように虎之進は堂々と持論を述べる。

もともと急に作った話ではない。彼の心から出た話には説得力があり、レポーターは頷いた。だがそれで引っ込むようではワイドショーのレポーターは務まらない。

一応段取りは決まっているとはいえ、彼女もプロとしてのプライドがあるのだろう。舌鋒が鋭くなった。

「なるほど、では、ドラマのキャスティングに推薦したというのも本当なんでしょうか?」

僅かに虎之進は間を置いた。

ここで「違う」と言うことはできるし、そう言ったところで制作側は余計なことを言わないだろう。だが梨々子のことを考えると嘘をつく気になれない。

不器用だけれどまっすぐな彼女は、きっと虎之進が取り繕うことを望んでいないような気がする。いたずらに怖がらない、潔い彼女を思い出すと胸の奥に温かな塊が生まれた。

「吉川さんをドラマのキャスティングに推薦したのは事実です」

「そうなんですか?」

わくわく顔を抑えきれないレポーターに虎之進は「そうです」と肯定する。

「自社の売り上げに貢献してくれたタレントさんを優遇するのは当然じゃありませんか?CMに起用している彼女の顔と名前が浸透するのは、我が社にとって非常にプラスです」

「ですが、正直申し上げて、吉川美波さんの演技力には疑問を持つ人がたくさんいらっしゃいます。それなのにゴールデンタイムのドラマで大役に抜擢されたのは、やはり裏があると考えられても仕方がありませんよね」

こちらから依頼した取材とはいえ、ここまで言われると虎之進もむっとしてくる。

だからなんだ？　それがどうした？

それであなたに迷惑をかけたか？

吉川美波がその役をやらなければ、あなたが抜擢されるのか？

喧嘩腰の言葉が腹の中から溢れてくるのを、虎之進はぐっとこらえて、冷静さを装う。

「誤解のないように申し上げておきますが、スポンサーだからといって何もかも自由にできるわけではありません。あくまでキャスティングの候補に入れてもらうだけで、選んだのは制作側です。そのチャンスを生かすも殺すも結局は吉川さん次第。もし下手な演技をすれば、次からは使われないだけです。そのときは、私が彼女を推薦したということで風当たりは強くなるでしょうが、それに立ち向かうこともプロの仕事です」

冷たくも聞こえる突き放した言い方にレポーターが言葉に詰まる。

「能力のある人にチャンスを与えるのは我が社の方針です。ですがそのチャンスも摑むのはその人の力が全てです。根も葉もない噂に負けて頑張れない人に成功はありません」

そう言ったとき、タイミング良く秘書が現れて、レポーターを制した。

「では、失礼します」

一礼をして踵を返した虎之進の背中にレポーターが呼びかけた。

「専務——あと一つだけ教えてください！　恋人はどんな方ですか？　吉川美波さんに似ているんですか？」

質問を制止しようとした秘書を押しとどめて、虎之進は振り返った。

「似ていませんよ。似ているところがあるとすれば、一生懸命なところだけです。私は男性でも女性でも、やるべきことをやらない人に惹かれたり、応援したりすることはありませんので」

きっぱりと言い切った虎之進は、それが全てだと告げるために背中を向けた。

騒ぎになるかもしれないが、そんなものは一瞬のことで、人の興味はすぐに移ろう。それこそ自分が口にしたように、噂に負けずに仕事で成果をあげていけばいい。

（彼女もきっとそういう人間だ。俺と彼女は同類だ）

たぶん、最初に喫茶室で彼女を見たときから自分は恋に落ちていたのだろう。

彼女の生き甲斐の蚊だってパートナーをあれこれ選んだりしない。きっと一目でこれだと思うはずだ。

（悪くない）

あのとき彼女に感じた思いをもう一度胸の中で言葉にして、虎之進は自分の選択に間違いがないと感じていた。

梨々子は焼きそばパンを食べる振りで雑誌の害虫写真の間に深く顔を埋める。

隣では笹本が相変わらず、週刊誌にかじりついている。

「ギンリンの専務の恋人ってどんな人なんでしょうね？　堂々と恋人宣言、お相手は吉川美波の姉！　って書いてありますよ」

「……さぁ……」

顔をあげず梨々子は関心のない声でいっそう顔を伏せる。

「銀林虎之進って結構男らしいですよね。ごちゃごちゃ言い訳しない男って、ポイント高いですよ」

「そ、そう？」

「そうですよ。それに言うことも筋が通っていて、頭も良くて度胸もいいって感じがしました」

「褒め過ぎじゃない？」

「本当のことですよ。経営者として貢献してくれるタレントを推すのは普通のことだって言われると納得するじゃないですか。あの人の言うことは間違ってないって、だいたいの人が言ってます」

二週間前、ワイドショーで放送された銀林虎之進のインタビューはかなりの衝撃を与えたが、笹本の言うとおり好感度も高かった。

——隠さないところが、すごい格好いい。逃げない男っていいよね。

——だけどちょっと怖くない？　利用価値がなくなったらすぐにポイ捨てされそう。

——でも、大会社の偉いさんだもん。あれぐらい厳しくて当然じゃない？　見所のある人にはチャンスをあげるって考えがいいよ。

吉川美波が不当な手段で仕事を取ったのではないことは世間に認知されたものの、今度は吉川美波の姉というのはどんな人間だという話になった。

——なにやってるんですかっ！　本当に梨々子さんは問題児ですねっ！　ギンリンを本気で敵に回すマスコミはいないでしょうから、たぶんそのうち収まりますけど、ほんとに自重してください！

スマートフォンが壊れるような声を出した東浜は、怒りながらもこれまでどおり、梨々子をマスコミに出さないことを約束してくれた。

梛々美への説明は彼女の仕事が落ち着いてからになるだろうが、とりあえず彼女が前向きに頑張ってくれればいい。

それにしても虎之進のやり方は過激過ぎる。

自分が不利になってもいいとは言ったが、まさか恋人に仕立て上げられるとは思わなかった。

約束どおりことを収めてくれたことは感謝しているが、割り切れない気持ちはある。

（……なんていうか……あの人といると気持ちがいいんだよね……身体とかさ。気持ちもすっごく楽だし……恋人といるとこんな感じなのかなあ）

これが恋なのかはわからないが、少なくとも梨々子は彼ともう一度、会いたい気持ちはある。もっとはっきり言うと、また寝たいと思う。

（でもさ、向こうはあたしのことなんてどうとも思ってないだろうし……身体が良かったとか言ったら、アホだと思われるよ……いろいろ褒めてはくれたけれど、次があるわけじゃなし……何が恋人だよ。やっぱり意地悪だ。虎専務め！）

これは自分がやったことへの報復だと確信している梨々子は、ひたすらほとぼりが冷めるまでじっとしているしかない。

「吉川美波って家族のことは表に出してないけど、お嬢さまなんでしょうか？」

梨々子の気のない返事にめげることなく笹本は言った。

「どうしてそう思うの？」

「だって、お姉さんがギンリンの専務の恋人ってことは普通の家じゃないですよ。きっと製薬会社のご令嬢とか、資産家の娘さんとかじゃないですか」

「……そうか……そうだよね」

いつか虎之進が結婚する相手は、そういう人だろうと、梨々子は何故か哀しい気持ちで納得する。

「何を微妙な顔してるんですか、梨々子さん。もしかしてギンリンの虎専務のファンですか？　そういえばしょっちゅう業界誌を見てますけど、もしかして虎専務の写真を見てたんですか？」

「まさか――ギンリンの虫ケア用品が気になるだけだよ」

それ以上の質問を遮るように梨々子は焼きそばパンを口に突っ込んだ。

「確かにギンリンは虫ケア用品ではライバル会社ですけど、洗剤部門はないですし、業界繋がりでいろいろありますから、あまり目くじら立てないほうがいいですよ」

笹本は訳知り顔で梨々子を窘めた。

「……いろいろあるって、どういう意味？」

「身内がライバル会社に勤めてたり、関係してたりって普通にありますからね。たとえばゴキブリの研究をしている横山さんの奥さんは、ギンリンの営業さんですよ」

自分よりずっと会社の内実に詳しい笹本の言葉に梨々子は目を丸くした。

「……そうか……同じ業種だからって、同じ会社に勤めるわけじゃないもんね」

「そうですよ。もっと言うなら、コバエ担当の鈴木さんの息子さんは、虫さされ薬大手の富美山《とみやま》製薬にお勤めですよ。みなさん、隠していないから知っている人は知っていますよ」

「そうなんだ」

「親や周囲の影響を受けて同じ仕事につくなんてありがちなことですからね。別におかしなことじゃないと思いますよ。反根さんの言うように、みんなが同じ会社に入れるわけもないですし、働きたい会社を選ぶ理由も違いますしね」

「そうだよね」

そう思いながらも梨々子は、虎之進の結婚相手まであれこれと考えてしまう罪悪感が少しだけ軽くなった。

（そのうちこの噂も終わるよ。芸能人じゃないんだからさ。ああ、早くどこかのスターが熱愛でもしないかな。そうしたらあっという間に次の話題に移るよね）

他人のスキャンダルを期待しながら、梨々子は午後の仕事に励んだ。

――私は男性でも女性でも、やるべきことをやらない人に惹かれたり、応援したりすることはありませんので。

もう会うこともないだろうけれど、虎之進に軽蔑されたくはない。

嫌みなところもあるけれど、他人の話を真面目に聞いて受け入れることのできる、とても魅力的な人だった。

（あんな人、どこかにいるかな……いつかそんな人に会えるかな……）

寂しい気持ちを押し殺して梨々子は、一日の仕事を終える。

いつものシャツにデニムがなんだか惨めで梨々子は会社のビルの出口へ向かう。

――ギンリンの専務の恋人ってことは普通の家じゃないですよ。きっと製薬会社のご令嬢とか、資産家の娘さんとかじゃないですか。

笹本が悪気もなく言った言葉が蘇る。

（今度の休みはもう少しましな洋服を買いに行こうか）

そう思いながら正面玄関を出ると、目の前に黒塗りの車が止まった。

(何？　お客さん？)

退社時間にこんな車で現れるとはどこの大物だろうと思いながら足を止めると、車の扉が開いて、スーツ姿の男性が現れた。

(――虎専務！)

いったい何をしに来たんだろうかとあっけに取られて立ちすくんだ梨々子を認めた虎之進がつかつかと近寄ってきた。

「探す手間が省けた」

「……何か、ご用でしょうか？」

退社する社員たちが高級車から降りてきた男性と、くたびれた普段着の梨々子を不審な目でちらちらと眺めていく。

(もしかしたらギンリンの専務だってわかってる人もいるかも)

そう思うと梨々子はいろいろな意味で心臓がばくばくして、一刻も早くここを逃げたしたくなる。

「酷い言いぐさだな」

顔をしかめた虎之進は一歩前に進み出て梨々子の左手首を摑んで胸に引き寄せる。

「あの？」

至近距離で見あげた虎之進の目は怒っているようで、その実、面白そうに光っていた。

「君は必要のないときは押しかけるくせに、こっちが待っていると来ないんだな」

「はっ？　あたし、何か約束してましたか？」

見つめられて頭が沸騰しそうだが、なんとか平静を保とうとした。

「公開で交際宣言をしたら、普通飛んでこないか？」

唇が触れるくらい、虎之進が顔を近づけてきて、梨々子は仰け反る。

（え？　交際宣言って……）

今にもくっつきそうな虎之進の唇を逃れながら、梨々子はめまぐるしく頭を回転させる。

――私が付き合っているのは吉川美波さんのお姉さんです。

（まさか、テレビでの宣言のこと？　あれはマスコミ相手の疑似爆弾じゃなかったの？）

「……冗談……とかじゃなかったんですか？」

「俺はもう三十過ぎだが、笑えない冗談をいうほどオヤジじゃない」

「……その場しのぎの嘘かと……」

いっそう仰け反った梨々子の腰に虎之進が腕を回して身体を支える。

「俺はあとで困るような嘘はつかない。君は俺の恋人だと思ったが、違うのか？」

虎之進が触れている場所から全身に甘い痺れが広がった。

「返事は？」

「無理です！」

梨々子は全身から理性を総動員して叫んだ。

「何故？」

虎之進はまったく動じないで切り返してくる。

「だって……あのですね——好きとかそういう言葉の確認が一度もないのに、どうして恋人だって思えるんですか？　いくら私でも、そういうのがあり得ないことぐらい知ってます」

「はぁ？　言葉がいるのか？　君は俺と寝てみて、すごく良かっただろう？　それは好きってことじゃないか」

耳元で言われた赤裸々な言葉に、梨々子はぎょっとして仰け反った。

「な、なんてことを——」

「最初に迫ったのは君だ。今更、逃げるのか？」

虎之進は梨々子をぐっと引き寄せた。

「虫は気に入った相手に迫り、即座に交尾をする。それが本来の愛じゃないのか？　少なくとも君にはぴったりだ。俺も忙しいし、この恋愛方法には賛成だ」

なんの迷いもない口調で虎之進は続ける。

「君の愛する蚊を見習え。頭よりまず身体でパートナーを選ぶはずだ。それは生きとし生けるものの本能だ。まどろっこしい愛など俺たちにはいらん！　違うか！」

（なるほど、そうか——）

梨々子は自分のもやもやが一気に解消された気持ちになった。

この人と寝て気持ちが良かったのも、もう一度そうしたいと思うのも、全く不自然じゃない。

これは連綿と続いてきた自然の摂理なのだ。

自信に満ちあふれた虎之進の宣言に引きずられるように梨々子は深く頷いた。

「いいな？　俺たちは恋人で間違いないな」

「はい！　恋人です！」

「大変に結構な返事だ」

昼だけで笑った虎之進は梨々子を強く抱き締めた。


「ほんと、ごめん」

ひさびさに家に戻ってきた梛々美に、梨々子は手を合わせて謝った。

「どうして、謝るの？　梨々子に素敵な恋人ができて、私だって嬉しいわ」

ドラマの収録で忙しい中、わざわざ自宅に戻ってきた梛々美は、ハードスケジュールにもかかわらず、とても生き生きとしていた。

いろいろな噂があったけれど、女優吉川美波の評判は上々で、充実していることが感じられた。

「それに——私のほうこそ梨々子に謝らなくちゃいけないのよ。ドラマの役がもらえるほど、立派に代役を務めてもらったのに、……あんなこと言って……」

　心から後悔しているのが、梛々美の口調と顔つきから伝わってくる。

「でも、梨々子にコンプレックスがあったのは本当なの。それは全部自分が勝手に思っていたことだったけど、周りの評価を気にしないで好きなことに打ち込める梨々子が羨ましくてずっと憧れていた」

「梛々美……そんな……」

「自分に自信がなかったからなの。仕事が上手くいっていて充実している梨々子に劣等感があったわ」

　梛々美は恥ずかしそうに笑う。

「そんな私を一番わかって、やればできるって励ましてくれたのは東浜さんだった。彼がいたから頑張れた。彼がいるから頑張れる」

「そうだね。東浜さんは誰より梨々子を大切に思ってるよ」

「ええ、だから……東浜さんと親しそうに話していた梨々子にすごく嫉妬しちゃったの……ほんとに馬鹿だったんだけれど」

「梛々美に迷惑をかけるなって東浜さんがあたしに説教したんだよ」

　顔をしかめると、梛々美がもう一度頭を下げた。

「本当にごめんね。私こそ梨々子には迷惑をかけっぱなしで恥ずかしい」

　顔をあげた梛々美はしっかりと梨々子の手を握った。

「私、頑張る。東浜さんと一緒に今の仕事でもっと先までいくつもり。だから、梨々子も幸せになって。ライバル会社の人が恋人だっていうのは大変だと思うけど、応援するし、梨々子ならきっと乗り越えられるわ」

「う、うん。そうだね。頑張るよ」

椰々美の潤んだ目と気迫に圧倒されながら、梨々子は何度も頷いた。

確かに梨々子と銀林虎之進の交際の件はあっという間に、会社中を駆け巡った。

梨々子が吉川美波の双子の姉だったことと、恋人が大変な大物だったこともあって、一時期はその噂で持ちきりだった。

だが梨々子が普段どおりに仕事に励み、淡々と過ごしている間に、噂は沈静化した。

今では笹本が昼休みに「恋人は元気ですか?」と、目をキラキラさせて言うぐらいだ。

それも梨々子が「元気」と短く答えるとそれで終わる。

椰々美が心配するほどのこともない。

もちろん梨々子だって動揺していなかったわけではない。けれど自分の頼みで、マスコミに対峙してくれた虎之進の言葉が彼女を支えた。

――根も葉もない噂に負けて頑張れない人に成功はありません。

――私は男性でも女性でも、やるべきことをやらない人に惹かれたり、応援したりすることはありませんので。

厳しく聞こえるけれど、それが虎之進の優しさだと今はわかる。

虎之進だって、恋人がＴＡＫＡＴＯの研究員だというのは、ばつが悪いはずだ。だが彼からそんな愚痴を聞いたことなどない。

大人なら自分のしたこと、言ったことに責任を持って堂々としていればいい。彼を見ていると噂など怖くないような気になれた。

影になり日向になって支えてくれている東浜とふたりで、梛々美はもっと大きくなるだろう。

自分と虎之進もこんなふうに互いに支えて支えられる関係になれたらいい。

ギンリンの専務と交際しているとなれば、元の部署に戻ることはすぐには難しいかもしれない。

（でも、目の前のことを一所懸命やればいい、そうすればまた道が拓けるはず。今は洗剤の開発に頑張るんだ。そのうち虎之進さんも加齢臭に悩まされるかもしれないし、役に立てるよ）

いかにも梨々子らしいことを考えたとき。机の上のスマートフォンが震えた。

画面に表示された虎のマークに梨々子は小さく微笑んだ。

番外編　プライドのガチンコ勝負

ベッドの上に、ショーツ一枚になった姿で座り込んだ梨々子は小さなスプレー缶を手に取る。

「絶対にＴＡＫＡＴＯの勝ちです」

「そうか？」

ベッドの足元に腰をおろし、同じようなスプレー缶を手で弄びながら虎之進が面白そうな顔で言う。

「絶対です」

もう一度力強く言った梨々子は、スプレー缶の蓋を取ると、自分に向けてプッシュボタンを思い切り押した。

シューという派手な音を立てて、霧状の液体が梨々子の肌に直接降りかかる。

（うわっ……冷たい……よ……五十嵐《いがらし》先輩……ちょっと刺激があるかも……匂いは……いいけど……）

口に出さずに文句を言いながら、梨々子は全身にスプレーを吹き付けた。

「……っ……はぁ――ぁぁぁ」

まんべんなく全身に霧を吹きかけ終えると、梨々子は深く息を吐いた。

「大変そうだな」

腕組みをして梨々子を見つめていた虎之進がうっすらと笑う。

「そりゃあ、全身にかけるとなると、そこそこ息が詰まりますよ」

「それは企画ミスだ」

挑発的な目をしてそういった虎之進は、手にしていたスプレー缶を梨々子に向かって突きつける。

「いいか、短時間で薬剤が広がることが使用者に負担をかけない絶対条件だ。わがギンリンはそのあたり、まったくおこたりないぞ」

「こ、これはまだ試作段階ですからっ！　効き目では負けません！　いえ、すでにこちらの勝ちです！」

「大口をたたけるのも今のうちだけだ。虫除けスプレー、業界シェア過半数超えのギンリンの底力を甘く見るなよ」

スプレー缶を手に不敵に笑う虎之進を睨みつけ、ショーツ一枚であることも忘れて梨々子はぐっとこぶしを握りしめた。

（五十嵐先輩、大丈夫ですよね？　これはＴＡＫＡＴＯとギンリンのプライドをかけた勝負なんです。絶対勝てますよね？）

今日の昼間、スプレー缶を渡してきた五十嵐に向かって、梨々子は心の中で呼びかけた。

＊　＊　＊

「おっ、久しぶり、反根」

焼きそばパンを片手に廊下を歩いていると、背後から声をかけられて梨々子は振り返る。

「五十嵐先輩……お久しぶりです」

白衣のあちこちにシミをつけ、髪の毛が逆立ったままの五十嵐は徹夜明けに見えた。

「もしかして、昨日は泊まりですか？」

「おお、新製品の完成に向けて、マジ、大変。知ってると思うけど、海老原さんも優しい顔して人使いが荒いからな」

楽しそうなぼやきに、うらやましさがこみ上げてくる。

少し前までは一緒の部署で蚊の研究にいそしみ、意見を交わし、供養祭にも行った仲だというのに、あっという間に状況は変わった。今や梨々子は、加齢臭に悩む毎日だ。

「あたしも早く戻りたいです……ここだけの話、今の部署ではあまり役に立てているとも思えなくて。なんというか迷子の気分です……」

ぽつぽつと言うと五十嵐が「そう言うなよ。なかなか頑張ってるって聞いてるぞ」と、なだめにかかる。

「それにさ、洗剤部門って女性スタッフには人気なんだぞ。異動したい人も多いんだ。清潔感あるし、いい匂いがするし、イメージいいからな。外部受けなら断然洗剤部門スタッフだ」

「別にイメージで仕事しているわけじゃありません」

憤然として、梨々子は五十嵐に顔を寄せた。

「そんなに洗剤部門のイメージがいいと思うなら、今すぐ変わってあげますよ、先輩。加齢臭がして、どろんこまみれで、そりゃもうきれいな部署ですから！　なんなら今すぐ、海老原さんのところへ直訴しに――」

まくし立てると、五十嵐が「わかった、わかった。ちょっと落ち着け」と、両手で梨々子の肩を掴んで身体を遠ざける。

「君の気持ちはわかるけど、俺は結婚もせずに蚊に操をささげた身だ。今さら異動するわけにはいかない……というわけで、これで我慢しろ」

くたびれた白衣のポケットからごそごそと小さなスプレー缶を取り出して、梨々子に差し出した。

「なんですか？」

「虫除けスプレー新商品の試作品だ。これで二回分ぐらいかな……いい天気だからちょっと外で試そうと思って持ってきたんだ……〈アロマ蚊ベールエクセレント〉を上回る商品だとひそかに自負している」

「……そうなんですか……?」

声を潜めて説明する五十嵐に合わせて、梨々子も小声になる。

「そうだ。すごいぞ……汗をかいてもなかなか取れない。香りも〈アロマ蚊ベールエクセレント〉を数段上回る癒やしの香りだ。スウィーティーでフルーティーなのに、虫を寄せつけない香りだ」

「本当ですか?」

小さなスプレー缶を握って梨々子は手のひらに興奮の汗をかく。

「もちろん本当だ……コロンのように使える香り……という大人の女性向け商品として開発している。問題はコスパで、まだ試作段階だが、勝算はある。来夏は絶対ギンリンに勝つつもりだ。〈蚊ノンベール・スーパーファイン〉に取って代われる商品だと思う」

「……試していいですか? 十一月までなら蚊も十分吸血活動をしてますから、十月になったばかりの今ならまだ余裕です。おまけに今年は暖かいし」

昂揚感からこみ上げてくる生唾を呑み込んでから尋ねると、五十嵐がおもおもしく頷く。

「頼むぞ。結果を聞かせてくれ」

「わかりました! 帰りに近所の藪によって、蚊を捕獲してから帰宅します」

久々に大好きな元の仕事に関われそうなことに梨々子は胸が高鳴る。

「外部の蚊では、万が一何か病原菌を持ってるとまずいだろ。無菌のヒトスジシマカとイエカを用意しておくから、帰りに取りに来いよ」

「ありがとうございます！　助かります！」

無垢な蚊を家に持って帰れると思うと、無邪気な興奮で息が荒くなった。

「ただし、あのしたたかなイケメン彼氏に言うなよ。少しでもこの件が洩れたら俺は許さない。元の部署に戻るどころか、TAKATOを首にしてやるからな」

のほほんと見えた五十嵐の目つきが鋭くなり、梨々子はぎゅっとスプレー缶を握りしめて力強く頷く。

「当たり前です。会社の備品はボールペン一本持ち帰ったことのないあたしを信用してください。心構えはいつも打倒ギンリン！　です」

「頼もしいな、反根。そのTAKATO魂を忘れるな」

笑顔に戻った五十嵐はぽんと梨々子の肩をたたいてから、研究棟へと戻っていった。

「TAKATO魂ってなんだっけ……大和魂の改良バージョン？」

だがそんなことより、新しい商品を試せる嬉しさで胸が高鳴った。

＊　　＊　　＊

「で？　これが〈蚊ノンベール・スーパーファイン〉の改良品ということか？」

専務室まで押しかけて、スプレー缶を差し出した由喜虎に鋭い視線を注ぐ。

「そうだよ。今年、〈蚊ノンベール・スーパーファイン〉は販売予定数の二倍を売り上げ、超ヒット商品になった。ここまで受け入れられたからには来年も同じもので、かつバージョンアップしたものがいいと思う」

「そうだな。それには俺も同意する。名前が浸透した商品を使わない手はない。来季もこれでいくほうがいいな」

「だろう？　兄さん。それでさ……」

「会社では専務と呼んでくれ。他の社員に示しがつかない」

顔をしかめて注意すると、由喜虎は「あ、そうか」と気のない返事して、さっさと先を続ける。

「それでさ、バージョンアップのために香料をいろいろ試したいんだ。でね、研究費のことなんだけど——」

「それは、おまえの部署で稟議にかけてから、こっちに上げろ。それが組織の順序だと何度も言っただろう？　家の財布じゃないんだから、俺の一存で、はいどうぞ、というわけにはいかないんだ」

何度注意しても、こうして直談判をしにやってくる弟に、虎之進は根気を総動員して、できるだけ静かに言った。

「兄さ、いや、専務が何度も言うように僕も何度も思うんだけどさ、そういうまどろっこしさってどうにかならないのかなあ。時間と労力の無駄遣いだよ。久兄も言ってるよ。無駄な書類の要求は研究者のやる気をそぐんだよ。面倒なことに力を使いたくない」

「ノーベル賞を受賞した教授は、研究用のネズミの世話はもちろん、なんでも自分でやったそうだ。ささいな力を惜しむ人間に成功はない——そういうことだ」

きっぱりと言い切ると、由喜虎が「はぁー」と机の上の書類を吹き飛ばすようなため息をついた。

「……わかりました、専務」

（おまえと兄さんに研究員としての立場があるように、俺には俺の立場があるんだがな）

口に出さないが、嫌味たらしい声音に虎之進は少し苛立つ。

だが元来が根に持たない弟のほうから、ぎこちなくなりそうな雰囲気を変えてきた。

「とにかくさ、この試作品を使ってみてよ。従来の〈蚊ノンベール・スーパーファイン〉とかなり違うから」

屈託ない調子にほっとして、虎之進は試作品について尋ねる。

「これまでとどこが違うんだ？」

「まず香り」

得意そうに由喜虎は説明を始める。

「柔軟剤でもなんでも香りがいいのが売れるからね。薬品臭を抑えるのはもちろん、使用者がいい香りと感じる商品に仕上げたい」

「防虫スプレーがいい香りか……精油に手を出すとコストが上がるぞ。ギンリンは高価な商品を作るのがステータスじゃない」

「わかってる。でもね。たぶんTAKATOが来季はそこを突いてくると踏んでいる」

「TAKATOが?」

そう言ったとき頭の中に、梨々子の顔がぱっと浮かぶ。

(いやいや、彼女はもう蚊とは縁を切っているし、商売敵にはならないな)

ふっと過ぎった懸念を打ち消して、由喜虎の話に意識を戻す。

「TAKATOは今季〈アロマ蚊ベールエクセレント〉を出しているだろう? 売れ行きはうちが圧勝だったんだけれど、TAKATOの商品には、匂いがいいってことでコアな女性ファンがついた。今年はそれをもう少し推してくるはずだ。匂いに敏感な女性層を一気に持っていかれかねない」

「……なるほど……」

確かに梨々子は虎之進の前でも絶対に自社製品を使うが、なんだかいい匂いがしていた記憶がある。どう見ても香水を使う女性ではないので、あれは虫除けスプレーなのかもしれない。

「二回分ぐらいしかないけど、匂いだけ試してみて」

「効き目は試さなくていいのか?」

「専務に蚊にまみれてくれなんて言えないよ。ギンリンが誇るイケメン専務が蚊にさされてぼこぼこになったら大変でしょ。そんな顔が雑誌に載ったら女性客が激減する」

「効き目がいいんじゃないのか？　刺されないだろう」

「もちろん自信はあるけど、科学に絶対はないから」

茶化されている気がして少し皮肉ると、由喜虎は真面目な顔でそう答えた。

「わかった。試してみるから稟議書を上げておけよ」

その顔つきに僅かに気圧された虎之進は、そこで話を終わらせた。

「うん、じゃあよろしく――あ、あのかくれ眼鏡美人の彼女には言っちゃだめだよ、専務」

出ていこうとしてドアノブに手をかけたまま、由喜虎は振り返ってそう言った。

梨々子のことを言われて虎之進はぎょっとする。

ワイドショーまで使って宣言したせいで、一時大変な騒ぎになったが、吉川美波側の事務所の頑張りもあって梨々子のことは表に出ていない。

彼女の顔など、弟は知らないはずだ。

「……どうしておまえが彼女のことを知っているんだ？　まさかとは思うが、会ったことがあるのか？」

「ないけど、顔は知っている。ＴＡＫＡＴＯの社屋の前で愛の告白すれば、さすがにばれるさ。専務の顔ぐらいＴＡＫＡＴＯの社員は知ってるよ。なんせ業界紙にも週刊誌にも出まくってるから」

言葉が出ない虎之進を前に、由喜虎は楽しげに続ける。

「ライバル会社とはいえ、こっちも横つながりはあるからね。僕たち研究スタッフの間じゃあっという間に彼女の写真が回った。ぱっと見は地味だけど、なかなかかわいい。マニア受けしそうなダンゴムシタイプだ」

出し抜いたことが嬉しそうに笑う弟に虎之進は二の句が継げず、ダンゴムシタイプの意味を聞くこともできない。

「すっごい真面目で、今は洗剤部門にいるけど、蚊への愛は半端ないって評価。一見初心そうだけど、女性は案外したたかだから気をつけて。こっちの企業秘密を洩らされたら困る。専務といえど、そうことがあれば首だから」

明るい顔でそういった弟を虎之進はなんとか気を取り直して、精一杯睨む。

「――当たり前だ。だいいち彼女はそんな気の利いたことができる女じゃない」

「なるほど。専務流素敵な誉め言葉だ。女性不信かと思っていたけど、あの子のことは信じてるんだね。ラブラブだ」

にやっと笑った由喜虎は、虎之進が言い返す前にさっさとドアを閉めた。

「どうせなら匂いだけじゃなく、効き目を試したいな」

ブリーフケースの中に試作品を入れて会社を出た虎之進はそう口に出しつつ考える。

――専務に蚊にまみれてくれなんて言えないよ。ギンリンが誇るイケメン専務が蚊にさされてぼこぼこになったら大変でしょ。

弟の言葉もひっかかる。

自分だってギンリンの一員なんだし、特別扱いされたくないという気分になった。

「しかし家には蚊なんていないし、マンションにもいないぞ……」

やっぱりとりあえず匂いだけでも確かめようかとも思うが、やはり効果そのものを知りたい。

ちょっと考えたものの、会社を出たところで虎之進はスマートフォンを取り出して梨々子の名前をタップした。

（彼女なら蚊の居場所に詳しそうだ……試作品のことはオフレコにしても教えてくれるだろう）

声も聞きたいし、電話をすればきっと彼女も喜ぶだろう。

いい理由ができたことを喜びながら、虎之進はスマートフォンを耳に当てて待つ。

「は、はい」

いつもより数回多いコールのあと、あわてたように梨々子の声がする。

「どうした？　まだ仕事か？」

「う、うん……あ、いえ、もう帰るとこ」

妙にせかせかした声で、息を切らしている。

「な、何か用ですか？」

まだこの付き合いに慣れないのか、丁寧語が交じるのはいつものことだが、心ここにあらずなのが伝わってきた。

(せっかく電話したのに、もっと言いようがあるだろう……嬉しくないのか?)

大人の男とは思えない理由で不機嫌になった虎之進は不機嫌な声になる。

「用がなければ電話したらだめなのか?」

「あっ……いや、そんなことないけど……あ、何?」

「……ちょっと聞きたいことがある。今から会おう」

「あ……えっと……あ、今日は忙しいから。ごめん」

「忙しい? 仕事は終わったんだろう?」

「うん。今会社を出たとこ。でも、今日はちょっと急いで、家に戻らないとならないの。用はメールとかでいい?」

明らかに会話を終わらせたがっている様子に、虎之進のむねがざわつく。

(用ってなんだ? 彼女が仕事以外に急ぐことなどないはずだ。平日は汚れものの臭いを嗅ぎまわっているし、休日はパズルをやるか昆虫図鑑を見ているかどっちかだからな)

知り合ってそれほど経っているわけではないが彼女の行動範囲を把握しているはずだと自負していたのに、自分の知らない彼女がいるという事実に虎之進の心が揺れる。

(まさか――男か?)

自分に会うまでは明らかに男性経験はなかったし、本人もそう言っていた。

奥手なのは間違いないが、自分に出会ってからそちらの方向へ開眼したということも十分ありえる。

（……非常識なほど好奇心旺盛だからな……もしかして俺は安心しすぎているの……か？）

由喜虎も「かくれ眼鏡美人」と言っていたぐらいだから、虎之進以外にも梨々子の魅力に気が付いた男がいても不思議はない。

（まさか、俺の他にも匂いを嗅がせる男を見つけたのか！）

「いや、だめだ」

スマートフォンを握りしめて虎之進は叫んだ。

「今から迎えに行く！　そこから動くな」

そう宣言した虎之進は「え？　ちょっと、だから――」という声を無視して通話をぶち切った。

＊　　＊　　＊

虎之進の、正確には銀林家のマンションに連れてこられた梨々子は、蚊入りボックスを入れた四角いバッグと試作品の入ったトートバッグを抱えたまま、リビングのソファに座った。

テーブルにブリーフケースを投げ出し、向かい側にどすんと座った虎之進の機嫌は、どういうわけがあまりよくない。

眉根を寄せたまま梨々子の持ち物を眺めて、ぶっきらぼうな声を出す。

「……大荷物だ」

「だから家に帰りたかったんですけど」

了承もしないうちに電話を切られたのだから、そのまま帰宅してもいいのかもしれなかったが、虎之進の権幕に押されて素直に待ってしまった。

（蚊がいるのに……もう……ここで解放するわけにいかないし……）

ついてきたことをあらためて後悔し、梨々子はどんよりした気分になる。

「それはなんだ？」

蚊入りのクリアボックスを収めたバッグを指さされて、梨々子は言葉に詰まる。

「言えないようなものか？」

「……そうじゃないけど」

『蚊』だと言えば、次は『何のために』となる。

そうすると最終的には『虫除けスプレー』の試作品の話になってしまう気がする。

（それは避けたい……なんてったってライバル会社の人だし）

「それより、聞きたいことってなんですか？」

「だから、それはなんだ？　と聞きたいんだが」

（う……こうなると梃子《てこ》でも動かないんだ……こういうところはさすがにギンリンの専務っていうか、がんこオヤジっていうか……さっさと教えるほうが早いに違いない。で

もってあとはダッシュで帰ろう）

　明らかに絶対にゆずらないという顔つきに梨々子は意を決して答える。

「蚊です」

「ん？　カデス？　カデスってなんだ？」

　虎之進は奇妙な声を出した。

「カデス、じゃなくて、蚊。蚊と言ったら蚊以外に何があるって言うんですか。本当にもう……」

　蚊のことに関してはすぐにテンションが上がる梨々子は、バッグのファスナーを開けてクリアボックスを取り出した。

「――っ！」

　透明のケースの中にびっしりと張り付いた蚊に、虎之進は椅子の上でのけぞった。

「……蚊、じゃないか」

「だから最初からそう言ってるじゃないですか」

「……何のために……蚊なんて……君はもう蚊とは関係ないだろう」

　態勢を元に戻した虎之進の問いかけに、梨々子は頭脳をフル回転させる。

（誤魔化せ、梨々子、頑張れあたし）

「そう、なんですけど……蚊が好きなことに変わりはないし、たまには蚊と触れ合おうかなと思って……」

「蚊と触れ合う？　血を吸われるだけだと思うが、他に何かあるのか？」

疑わし気な顔をする虎之進に梨々子はなんとか笑顔を作ってみせる。

「飛び方とか、止まり方とか観察していると、癒されるんですよ。そういうわけで、あたしこの子たちがいるので、今日はこれで帰ります」

梨々子はボックスケースを保護バッグに丁寧に入れなおす。

その間、虎之進は何かを考えているように一点を見つめて瞬きもしない。

「……じゃあ、これで」

彼が考え事をしている間に、この場を去るのがいちばんだ。

梨々子はボックスと、バッグを抱えて立ち上がった。

「ちょっと待て」

戸口のほうに向かいかける梨々子を、虎之進がドスの効いた声で呼び止めた。

「もしかしたら、その蚊は何かの実験のためか？」

おそるおそる振り返ると虎之進の目が奇妙に輝いている。

「……あたしは、今は蚊とは関係ない部署だし」

「そうだ。だが関係ないと言いつつ、会社を出るときに持っていたということは、その蚊は研究室の蚊だろう？　どんな会社であろうと、意味もなく実験生体の持ち出しなどさせない。それともＴＡＫＡＴＯはそんないい加減な会社なのか？」

「違います！　そういう管理は厳しいです」

墓穴を掘るとは気づかずに反射的に切り返すと、虎之進が「そうだろう」と頷く。

「ということは、その蚊は実験のためだ。元の部署から君は何らかの依頼を受けたはずだ」

（……やばい……鋭い、さすがギンリンの専務）

困りながらも梨々子は感心してしまう。

「大量の蚊があれば、個人宅でもできる実験。ということは、虫除けスプレー試作品のお試しだ」

まるで犯人を追い詰めた刑事のような顔つきで迷いなく言い放つ虎之進に、梨々子は反論を封じられる。

「その顔は当たりだな」

びしっと指を突きつけられて、梨々子はようやく反撃に出る。

「えっとですね……とりあえず、人を指さすのは失礼です」

「……それは、そうだな。悪い。とりあえずもう一度座れ」

さすがに調子に乗りすぎたと気が付いたのだろう。虎之進は案外素直に指をおろして、梨々子をソファに手招く。

仕方なく、荷物を抱えたまま梨々子はもう一度虎之進の前に座った。

「話を戻そう。今俺が言ったことは当たりだな？　どこもすでに来季の新商品にとりかかっている。大切そうに抱えているバッグの中にはＴＡＫＡＴＯ渾身の虫除けスプレー試作品が入っているに違いない」

ここまで言われたら誤魔化すにも限度がある。戦うしかないと決めて、梨々子は守るようにバッグを抱きしめる。

「何があっても見せませんからっ！　ＴＡＫＡＴＯ魂にかけてもこの試作品は守りますっ！」

「ＴＡＫＡＴＯ魂が何か知らないが、俺もそんなつもりはさらさらない」

虎之進が露骨に顔をしかめる。

「それよりも、だ——その実験に俺も付き合わせてくれ」

「はっ？　どういう意味ですか？　専務自ら産業スパイ？」

やっぱり新商品を知りたいんだ——梨々子はいっそう強くバッグを握りしめて、虎之進を睨む。

「誤解をするな。こっちはこっちで隠し玉がちゃんとあるぞ——。これだ」

テーブルの上に投げ出してあったブリーフケースから虎之進は小さなスプレー缶を取り出して、梨々子に見せる。

「あ——それは……もしかして……」

ごくんと生唾を呑み込んだ梨々子に、虎之進がにやっと笑う。

「わが社の虫除けスプレー試作品だ。ＴＡＫＡＴＯが先を走っていると思うのは大間違いだぞ。これを試したいから、今からその蚊を一緒に使わせてくれ」

冗談かと思うが、口調も表情も真剣だ。

まだまだ短い付き合いだが、着ぐるみを作り変えてくれたぐらい、仕事には真剣な人だ。茶化しているわけではないだろう。

「でも……蚊ならギンリンにもたくさんいるじゃないですか？」

「それは話せば長くなるので割愛する」

まるで社内会議のように虎之進は宣言する。

「とにかくそれだけ蚊がいるんだから、一人で使うのはもったいない。これから二人で人体実験をしたほうが蚊だってやりがいがあるだろう。もちろんＴＡＫＡＴＯの試作品は君が使用し、ギンリンのは、当然俺が使う。互いに相手の試作品のことは絶対に洩らさない」

「はぁ……」

梨々子はどうしたって煮え切らない返事になる。

もちろんギンリンの試作品のことを口にする気は気は毛頭ない。だが研究員としての倫理観が拒否をする。

（虎之進さんのことも信用してるけど……うーん……これがＴＡＫＡＴＯ魂ってやつかな）

「怖いのか？」

梨々子の逡巡を虎之進が挑発してくる。

「ギンリンの試作品には、到底かなわないと思っているんだろう？　それがばれるのが嫌なんだろう？」

「そ、そんなことはありません！」

思わず感情が理性を上回って、ムキになる。

今でも心は蚊とともにある梨々子だ。自分の仕事を馬鹿にするのは、たとえ恋人でも許せない。

「俺は全然TAKATOの試作品になど関心はないし、TAKATOごときのノウハウに全く興味もない。だが、君はありそうだな……何か盗んでやろうという下心があるから嫌なんだろう」

（TAKATOごとき？　はぁ？）

一気に頭に血が上り、梨々子はまんまと虎之進の挑発に乗ってしまう。

「失礼なこと言わないでください！　あたしたちTAKATOは、いつだってギンリンを正々堂々と打ち負かすわ！」

TAKATOが馬鹿にされてはたまらない。ギンリンの試作品などに負けるわけがない。

煽られて梨々子は気持ちが昂る。

「試作品とはいえ、ギンリンに負けるわけがない！　来季のシェアトップはTAKATOで決まりです！」

「では、勝負しよう。いいな」

「受けて立ちましょう！　蚊に刺されてぼこぼこになって泣きを見るのは虎之進さんです！」

梨々子は荷物を持って決然と立ち上がった。

（もうこうなったら戦うしかない。ＴＡＫＡＴＯｖｓギンリンよ。絶対に勝利してみせますからねっ！　五十嵐先輩）

寝室に入った梨々子は、己を鼓舞しつつ潔く服を脱ぎ捨ててショーツ一枚になる。

「豪快だ……」

くすっと笑った虎之進を無視してベッドの上に陣取ると、全身にスプレーを振りかける。

（五十嵐先輩、大丈夫ですよね？　これはＴＡＫＡＴＯとギンリンのプライドをかけた勝負なんです。絶対勝てますよね？）

「用意できました」

内心の不安を押し殺して梨々子が宣言すると、今度は虎之進がさっと服を脱ぎ捨てて同じようにギンリンの試作品を身体にかける。

「いいぞ」

頷いた梨々子は部屋の隅においた蚊入りボックスケースの蓋をそっと開けた。

「いいよ。出ておいで」

中にいる蚊を促してから梨々子はベッドに戻った。

「蚊が見えるとつい追い払ってしまうから、明かりを消してください」

頷いた虎之進は部屋の明かりを消すと、ベッドの上の梨々子の隣に陣取った。

「……あまりくっつかないでくださいよ。薬が混じっちゃうから」

「それが普通だろう。虫除けスプレーなんていろんなものと交じり合うものだ。普通は外で使うんだからな。それでも効かなければ意味がない」

あっさりとそう言った虎之進は梨々子の肩を抱いて、唇を寄せた。

「ん……何？　えっ？」

顔を背ける間もなく、重なった唇が強く吸い上げられる。

「……ぁ……ふぁ……な……なんてこと……ぁ」

押し返そうと思うが、虎之進の肌にギンリンの試作品がついているかと思うと、手が止まってしまう。

だが虎之進のほうは梨々子の抵抗が中途半端なのをいいことに、手のひらで梨々子の乳房を柔らかく握った。

「あ……ちょっと……スプレーが取れちゃう……」

焦る梨々子に構わず、虎之進は彼女をベッドに押し倒して、乳房を揉みしだく。

「ちょっと触ったぐらいで取れるスプレーじゃ話にならない」

「虎之進さん……やめて――ひぇ……真面目にやってくださいっ！　ひゃ――」

指先で乳首を捏ねられて、甘い痺れが指先まで走るのを堪えようとおかしな声が洩れる。

「俺は真面目だぞ。虫除けスプレーは普通アウトドアで活動時に使うんだ。じっとしていては意味がない。夏に相応しい活動をして汗をかくべきだろう」

そういって虎之進は手の動きを止めない。

「……ふぁ……これが、夏に相応しい活動ですか――ぁ……」

「汗をかく点では同じだ。テニスやジョギングと変わらない」

「いや――ちょっと」

身体を捩ると余計刺激が全身に伝わって、息が上がってくる。

「もっと真面目に……ぁ……これは……実験なんだから……ぁ……せっかくの実験がめちゃくちゃになるから……」

巧みな強弱のついた指の動きにくねくねと腰が動いて、声が掠れる。

「俺だって、真面目にやってる。日常の動きが伴ってこそ、いいデータが出るんだろ？」

適当なことを堂々と言ってのけ、艶のある笑い声を立てた唇が、梨々子の固くなった乳首を噛んだ。

「……ぁ……」

ぴくんと身体が反り返り、乳首が彼の唇の中に深く入り込む。それを捉えた舌先が強く乳首を弾いて、くちゅっと舐めた。

「ぁ……だめ……薬がついてる……」

明らかに反応しながらも梨々子は必死に抗う。

「ＴＡＫＡＴＯの薬は舐めたら害があるのか？　うちのは大丈夫だぞ」

焦る梨々子をゆうゆうとからかいながら、虎之進はつんと勃ちあがった乳首を唇と舌で弄ぶのをやめない。

「まさか――違う。全然、安全ですよっ、あ……舐めたら薬がはがれるから……試しにならないよ……ぁ……やぁ……だめ……」

自社のスプレーの安全性を訴えつつ、梨々子は自分の正当性を主張する。

「……それもそうだ」

梨々子の乳房から唇を離して、虎之進は呟いた。

「では、薬剤がかかっていないところにしよう」

「え？」

暗がりの中で近づいた顔が、梨々子の視界の中でにやっと笑い、次の瞬間すっと消えた。

(何？　どういう意味？)

だが考えが纏まる前に、足先からするっと下着が抜き取られ、膝を割られた。

「え――？　虎之進さん……ぁ……」

体勢を整える間も与えずに梨々子の内腿の間に顔を埋める。

「あ……ま……やぁ……」

伸ばした手で虎之進の髪の毛を握って引きはがそうとしたが、力では到底かなわず、いっそう淫らに姿勢が崩れただけだった。

柔らかい花びらを舌先でくつろげた虎之進が、顔を覗かせた珊瑚珠を舐り始める。

「あ……虎之……ぁ……や……」

「いいだろう？　ここは実験地区外だ」

濡れた声で笑った虎之進はいっそう丹念に、濡れた珊瑚珠をくちゅりくちゅりと愛撫する。彼の舌の先で身体の中心が固く凝ってくるのがわかった。

「や……ぁ……だめ……だも……ん……ぁ」

抗っているのは言葉だけで、蜜口からはシーツを濡らすほど蜜が滴りおちている。

内腿がぬるぬるして、熱い息が上がってくるのを押さえられない。

「……ぁ……や……もう……」

「嫌かどうか確かめてやろう」

どこか淫猥な響きでそういった虎之進は、ひくひくと蠢く蜜口に指を差し入れた。

「う——ぁ……あ……ん……」

蜜道がきゅうと収縮し、脳天まで響く快感が突き抜けて、梨々子は腰を浮かせた。

「このままでいるのが、嫌ってことだな」

梨々子の内股を軽く噛んだ虎之進が、そのまま身体をすべらせて、蜜で濡れた唇を重ねてきた。

「いくからな……」

合わせた唇の間で囁いた虎之進が梨々子の中に入り込む。

「あ——」

一瞬の衝撃のあと、十分に和らいだ蜜襞が虎之進の熱い雄を包み込んだ。

「ぁ……ふぁ……」

蜜を滴らせていた甘い壁が、固い嵩に擦られると頭の中が真っ白になり、全身に甘く切ない痺れが伝わっていく。

「ぁ……虎之進……さん……ぁ」

目を閉じて息を零した梨々子の身体を抱えた虎之進が、梨々子の身体を貫いたまま膝の上に乗せ、胸を合わせる。

身体の中心にぐんと虎之進の雄が突き刺さり、蜜壺が突き上げられた。

「あ――はぁ――」

自分の重さで虎之進の雄が一段と深く中に入り込む生々しい感触に、梨々子は喉を反らせて息を洩らす。

「きつい……ぁ……」

固い雄がぎちぎちに蜜道を広げようとするのに抗うように、梨々子の蜜口がぎゅうぎゅうに締まって、身体の中の熱の塊を貪る形になる。

「深い……ぁ……だめ……きつい……ぁ……苦しいのに……ぁ」

「それがいいんだ……よ……梨々子……すぐによくなる……君の身体は覚えがいいから」

答える虎之進の声にも余裕がなくなってきていた。

ぐいぐいと腰を突き上げてくる虎之進の肩に摑まって、梨々子は苦痛に似た快楽を味わう。

「あ……ぁ……はぁ……」

「梨々子……」

彼が突き上げる度に、蜜が零れて、部屋中に水音がする。

濡れた音に、虎之進の熱い息と梨々子の喘ぎが交じり、室内が咽せかえる。

「これ……じゃ……もう……」

蚊はどこへ――とぼんやりと梨々子は考えるが、それもつかの間で虎之進の雄の動きに合わせて腰を捩った。

「もう……わけ……わかなんい……ぁ……あ」

ぐらぐらと揺すぶられて、頭の中で火花が散り、瞼の裏が真っ赤にスパークした。

切ない苦しさは味わったことのない快楽に代わり、梨々子の身体を溶かしていく。

「あ……もう……や……だめ……」

虎之進の肩に摑まりながら梨々子は頂点まで駆け上った。

「俺も……だ」

梨々子の耳元で呻いた虎之進もまた熱の塊を吐き出したことを梨々子は濡れた腿でぼんやりと感じていた。


翌日の早朝、目がさめた梨々子はすぐにベッドから降りて、身体中を確かめる。

「ここ、……あ、ここも……腕だけで二カ所」

（けっこう刺されたり……でも、途中ではがれたり……スプレー同士が混じったりしたから……）

まんまと虎之進の手管にはまってしまった自分を反省しながら、身体中の虫食いあとを数えていると、いきなり背中から抱きしめられた。

「熱心だな」

笑い交じりの声に梨々子はきっと顔だけ振り返る。

「当たり前。虎之進さんもちゃんと数えたほうがいいですよ」

「まあなあ」

のんびりした声を出した虎之進は梨々子の旋毛《つむじ》にキスをする。

「しかし、楽しい実験だったな」

「全然、楽しくない！　もう一回ちゃんとやらないと」

口を尖らせた梨々子に、梨々子の首に腕を回したまま虎之進が悪気もなく笑う。

「いいぞ。君となら何回でも試したい」

楽しげに言った虎之進の手に、ふわりと蚊が止まる。

（……実験をむちゃくちゃにした罰……ってことで）

その蚊が虎之進の手を刺すのを、梨々子はささやかな満足を覚えながら眺めた。

END

あとがき

こんにちは。鳴海澪と申します。

本作は、『飛んで火にいるリケジョの恋』の題名で、パブリッシングリンクさまより電子書籍として配信していただいたものです。このたび、蜜夢文庫さまより紙書籍という形を変えた媒体で、新たにお披露目できることをとても感謝しております。

本編は、「なるべくコメディ風味にする」という、自分にとってはなかなか難しい目標を掲げて取り組みました。リケジョのヒロインが身なりに無頓着だったり、浮き世離れをしていたりと、かなりテンプレート気味にデフォルメしてありますが、そこはお話の中だと大目に見ていただけますようにお願いいたします。

発刊にあたり、本編には入れられなかったエピソードを番外編として書くことができましたので、そちらのほうも合わせてお楽しみいただければ幸いです。

初稿からご指導くださった担当さま、どうもありがとうございます。ゴキブリの研究員を書きたいという突拍子もない申し出をした私の手綱を上手く引いて、完成に導いてくださったご恩は忘れません。また、今回の刊行に携わってくださったすべての皆さまに、この場を借りて御礼を申しあげます。

お忙しい中、華やかでキュートなイラストを描いてくださった、SHABON先生、本当にありがとうございます。先生のイラストは何度も拝見し、憧れておりましたので、今回お引き受けいただけましたことを、とても嬉しく思っております。身なり無頓着なのに愛くるしいヒロインと、俺様イケメンのヒーローに見惚れました。重ねて御礼いたします。

最後にはなりましたが、この本を手にとってくださった皆さまには、心からの感謝を捧げます。

恋は思案の外——という文言を地でいくヒロインとヒーローの言動に呆れたり、笑ったりしつつ、気軽に楽しんでいただけることを、何よりも願っております。

長々とお付き合いくださり、どうもありがとうございました。

またいつかどこかでお目にかかれましたなら幸いです。

鳴海澪　拝

本書は、電子書籍レーベル「らぶドロップス」より発売された電子書籍を元に、加筆・修正したものです。

俺様御曹司に愛されすぎ
干物なリケジョが潤って!?

2018年5月29日　初版第一刷発行

著……………………………………………… 鳴海澪
画………………………………………………SHABON
編集…………………………… 株式会社パブリッシングリンク
ブックデザイン…………………………… しおざわりな
（ムシカゴグラフィクス）
本文DTP………………………………………… IDR

発行人……………………………………………… 後藤明信
発行……………………………………………… 株式会社竹書房
〒102-0072　東京都千代田区飯田橋2－7－3
電話　03-3264-1576（代表）
03-3234-6208（編集）
http://www.takeshobo.co.jp
印刷・製本…………………………… 中央精版印刷株式会社

ISBN978-4-8019-1463-6　C0193
Printed in JAPAN